平賀元義
人と和歌

加藤隆久

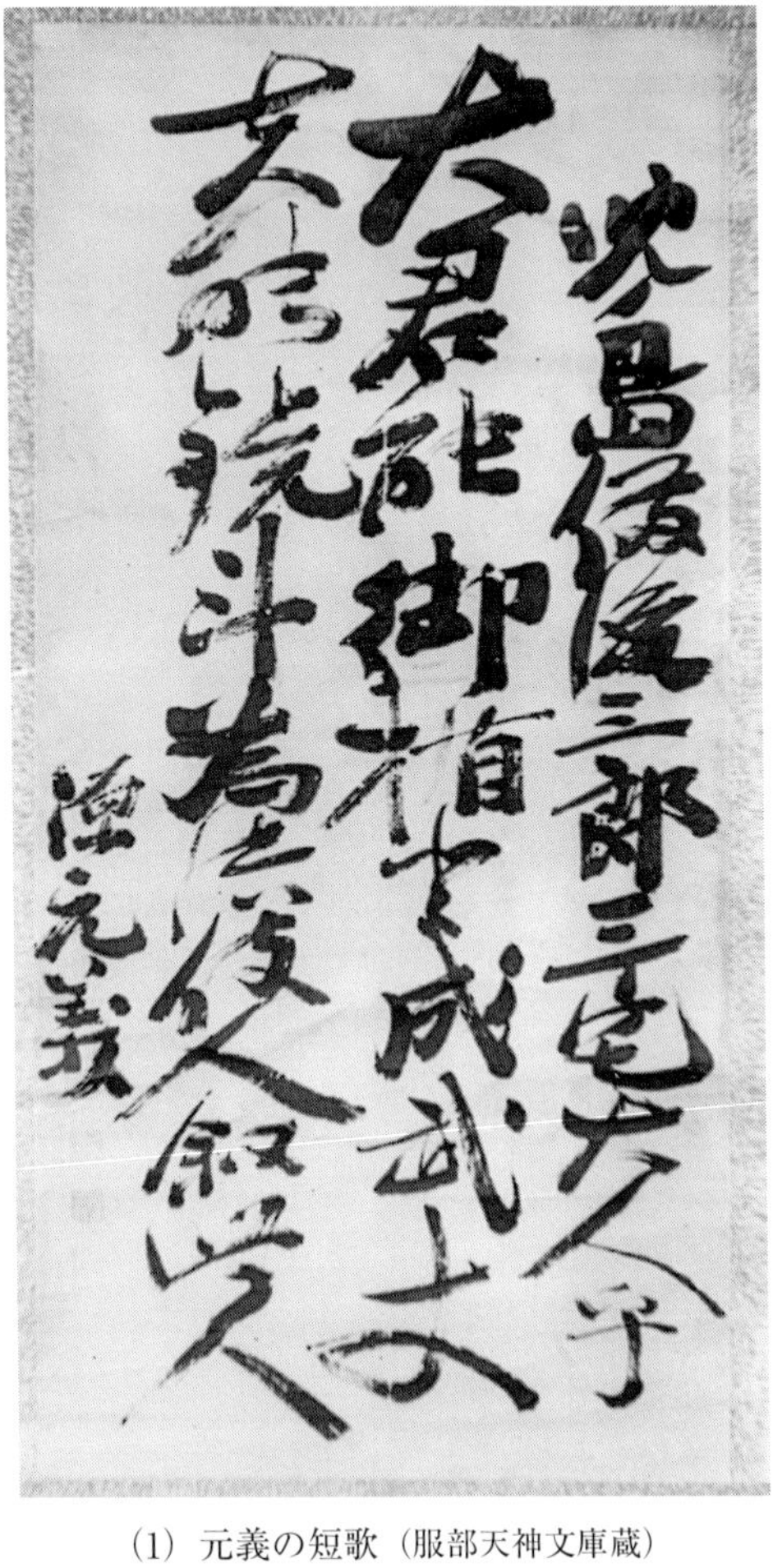

（1）元義の短歌（服部天神文庫蔵）

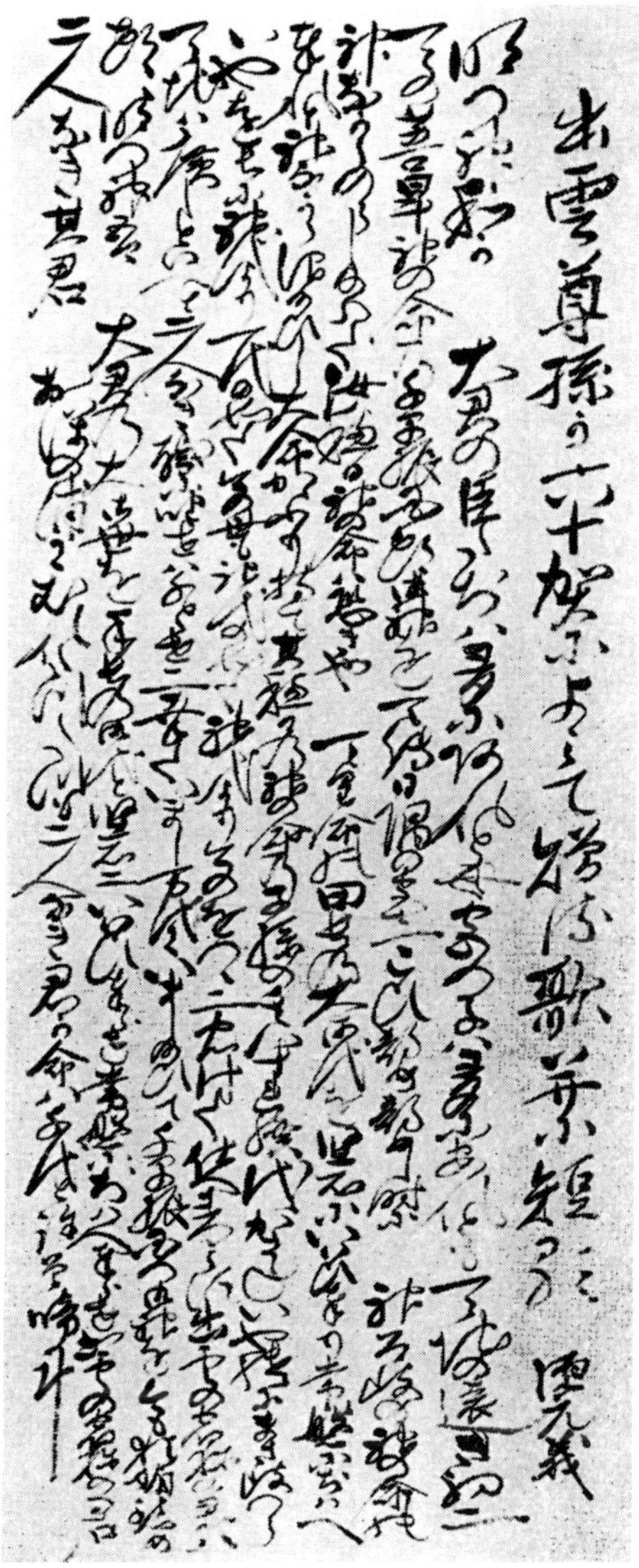

(2) 元義の長歌（服部天神文庫蔵）

(3) 横山相模に宛てた元義の書状・封書表（筆者蔵）

(4) 横山相模に宛てた元義の書状・封書裏（筆者蔵）

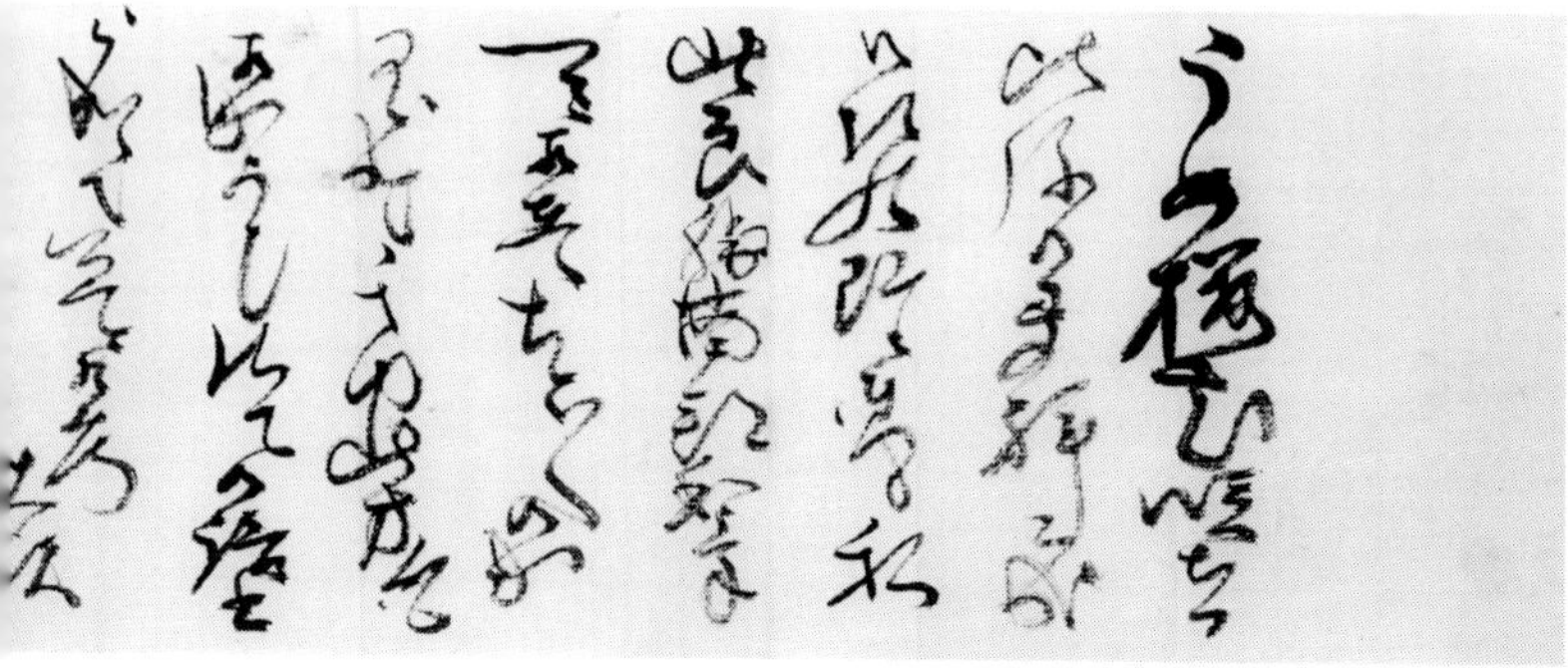

（5）元義が横山相模に宛てた書状（筆者蔵）

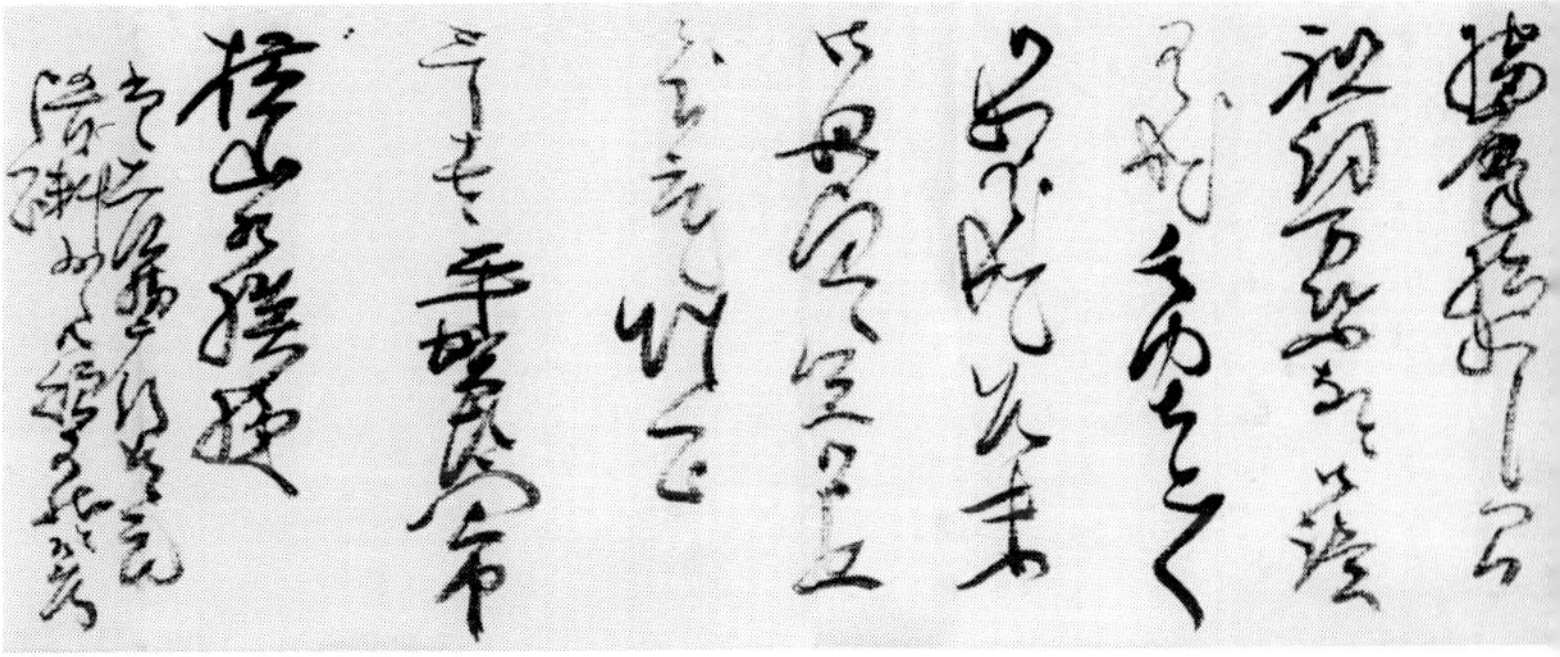

(6) 平賀元義の墓（岡山市大多羅町）
上：正面、左：側面

◎目次

序論

近世和歌史における一大特質は、古学の研究に伴って発生した古歌風の復興である。中でも万葉集の研究は著しいものがあり、元禄古学復興期には、僧契沖・下河辺長流等の万葉学者が出るに及んで、詠歌の万葉化が叫ばれる様になった。しかるに彼等は、実際の作歌に於ては万葉風にまで至らず、結局賀茂真淵によって初めて万葉調の歌が復興される事となった。しかし真淵と雖も、理論に於ては早くから自然雄健な万葉精神を主張していたが、作歌に於ては古今・新古今風の歌から幾度かの変遷を経て、極く晩年に至り万葉風の歌を作る様になった。しかも実際の歌風は純万葉風というべきものではなく、どちらかと言えば古今・新古今の趣の強いものであった。

かくの如く万葉調歌の実践を叫んだ真淵でさえも理論通りそれを遂行し得なかったが、幕末期に至りその真の実践者が現れた。即ち備前岡山にあって師承なく古学を研究し、万葉調の歌を一生涯詠み続けた放浪の歌人・平賀元義（ひらがもとよし）がそれである。現在ほとんど忘れられた存在となっているが、万葉の一面をとらえ、それを巧に自己の歌風にまで樹立した点に於て、平賀元義の名は近世和歌史上特筆すべきものであると言わねばならない。

正岡子規は元義を評して、

萬葉以後一千年の久しき間に萬葉の真價を認めて萬葉を模倣し萬葉調の歌を世に残したる者實に備前の歌人平賀元義一人のみ。真淵の如きは只に萬葉の皮相を見たるに過ぎざるなり。

と喝破している。子規が世に元義を紹介するまで、彼は岡山地方の一部の人々にのみ知られていた程度で、彼の歌は全く世間一般には顧みられなかった。それは彼の歌があまりにも特異なものであったからである。その歌の特異性は、彼の異常な生活環境や奇矯な人物性癖によって生まれたものだと言える。

そこで今一度平賀元義をテーマに取りあげて、異常な生涯より生まれた異常な歌を理解するため、元義の伝記、人物等を明らかにすると共に、彼の歌学、思想、詠法等を系統的に考察してみたい。

第一部　平賀元義の伝記

一、元義の出生

元義は寛政十二年七月三日、備中国下道郡穂北郷陶村字内奈良にある母の実家で生まれた。その時父平尾新兵衛長春は二十三歳、母百本代子は新兵衛長春より十歳年長の三十三歳であった。父は備前岡山藩中老池田志津摩寛政（食禄四千石）の老臣で、食禄百三十石の武士であり、母は代々内奈良の地に農業をしていた百本平兵衛の娘であった。この二人は不義の関係にあって、その間に生まれたのが元義であると言われている。即ち内奈良にある代子の墓銘には「嘉永四年辛亥十一月十五日玉芳智浄大姉、備前信濃守番知平尾忠左衛門妻」と刻されているので、墓銘が正しいとすれば代子は新兵衛長春の父である平尾忠左衛門邑蕃の妻となり、ここに疑問が生じてくる。この墓銘を信じて従来、野田実、宗不旱、生咲義郎の諸氏は「当時やもめ暮しの祖父忠左衛門の邸に妾奉公をしていた代子が、その子長春と忍ぶ仲となり遂にその胤を宿し生まれたのが元義である」という説を出したので、元義は不義の子として一般に認められて来た。

これに対して杉鮫太郎氏は、中老池田憲成が信濃守と称する家格のない事、また「番知」の語の不明な事、法名が邑蕃の妻としては尋常でない事等を指摘してこの墓銘が信頼するに足らぬ不適格なもので、野田氏等の説は誤りであると反駁し、更に元義自筆の「先祖書上」にある

私儀生国備中河東播磨殿御領分ニ出生仕候。私母ハ御城代支配中小姓興津長八郎厄介人ニテ御座候處、私父妻ニ受請我儀出生仕候

の一節をあげて「百本代子が平尾家に奉公中、興津家の厄介人という事にして、興津の養女格で新兵衛の妻となった」という甚だ穏当な説を唱えている。しかしながら代子は元義を産んでから平尾家より遠ざけられている事や、平尾家の墓地に葬られていない事から推察すると、この杉氏の説も決定的なものではなく、確かな事実が明らかにされるまでこの問題は保留されねばなるまい。だが墓銘が信ずるに足らぬとは言え、それに替るべき何らの資料が出現せぬ限り、野田実氏等の説に賛同したい。

結局、野田氏及び杉氏の両説を考慮に入れて「祖父の妻の実家である興津家の厄介

人となっていた百本代子が、当時妻を亡くしてやもめ暮しをしていた元義の祖父忠左衛門邑蕃の所に家事の世話をするため奉公中、その子長春と忍ぶ仲となり遂に胤を宿し、その間に生まれたのが元義である」とするのが妥当ではなかろうか。いずれにせよ元義は、複雑な事情のもとに出生した運命の子であった。

かくして彼は内奈良の地に生まれてから四カ月後の十月五日には岡山市富田町の池田家屋敷に帰り、享和元年二歳の時、平尾新兵衛長春の嫡子として平尾家に引き取られ、祖父忠左衛門の妻の実家である興津家の厄介人となった。それ以後幼年時代は専ら継祖母にあたる興津知勢子によって、我儘いっぱいに育てられた。

こういう複雑な環境に生まれた元義は、早くから奇矯に富んだ性格を内部に秘めていたものと思われ、彼の磊落粗慢な行状を知るのに非常に興味ある事であると思う。

二、元義の姓名

元義が最もよく使用した姓名は、彼の墓銘に記されている平賀左衛門太郎源元義（註1）である。彼は他に多くの姓名を有し、その遺墨や生涯を見る時、混乱するので彼の姓名を明らかにする必要があろう。

「元義の先祖書」、「元義の墓銘」、「元義自筆の平賀家系図」等をもとに考察してゆくと、彼の先祖は平賀家系図（註2）によって、足立小左衛門藤原春元より淵源を発している事が判り、その関係上本姓は藤原氏となるわけである。事実初期の遺墨には藤原元義と記されてあり、天保の初め頃から源元義と書き改めている。これについて「先祖書」には

私曽祖父平賀弥源太生国松山石川主殿御家来岩城半左衛門三男ニテ御座候。享保十八年行年十八才ニテ岡山へ越、私高祖父聟養子ニ内約仕候

と記してあり、岩城家は足立遠元を祖とした藤原氏が姓であったが、後に源氏の末裔

である平賀家（新羅三郎源義光から淵源を発したという）へ養子に行った事によって、姓が改まったと考えられる。こういう事情により、元義は自ら「藤原」及び「源」の二つの姓を使用したのが頷けよう。また、彼の先祖はすべて平尾の姓を用いているが、平尾と平賀についての関係は、羽生永明著「註解平賀元義歌集・付録」の年譜に、

> 平賀義兼（信濃平賀源氏の裔）天文中備前赤阪郡仁堀に築城して、ここに居りしが其所山の尾なるによりて姓平賀を改めて平尾といへり

と記されてある。即ち平賀の姓を山の尾という土地を考慮に入れて平尾に書き改めたのである。

彼は幼名を猪之介、丹介、喜左衛門、七蔵等と称し、実名を直元、長元、義元、直満と言った。興津家の厄介人となってからは、興津新吉藤原直元あるいは義元といっている。また別名を祢古彦（猫彦）、吉備雄と称し、号を石楯、安政四年楯之舎塾を創設してからは楯之舎主人、雄誥の舎、備前處士と称した。

彼は祖先の名を勝手に改めて何れも「義」の字を附け変えたり、好んで門人の名を

改めてやったりしている。姓名を変える風習は当時盛んに行われていたもので元義を以って異とするものではないが、ここにも彼らしい奇矯な性格の一端が表れているように思われる。

三、元義の生涯

前述のような複雑極まる事情の下に出生した元義は、それ以後波瀾に富んだ一生を迎えるのである。

在藩時代（寛政十二年から天保三年）
(1) 平尾家嫡子時代（一歳から二十歳迄）
(2) 平尾家厄介人時代（二十一歳から二十五歳迄）
(3) 興津家厄介人時代（二十六歳から三十三歳迄）
放浪時代（天保四年から歿年迄）

(4) 備前放浪時代（三十四歳から四十七歳迄）
(5) 美作放浪時代（四十八歳から六十三歳迄）
(6) 更生時代（六十四歳から歿年迄）

右の区分は彼の生涯における時代区分で、作歌における特色を示す区分ではない。

平尾家嫡子時代は専ら基礎の学問と武芸に腕を磨いて成長した。彼は幼時より天才的な頭脳を有し、四歳の時に継祖母に小倉百人一首の歌を口誦せられて、たちまち暗誦したと言われ、また七歳の時、隣家に「祭文読」が来て連夜、「金毘羅利生記」を読むのを聴き、平仮名で洩れなくその大概を記して人々を驚嘆させたとも言われている。後年万葉集の歌をほとんど覚えて、自己の歌にその調子を取り入れた驚くべき記憶力と学問に対する忠実な研究心の素地は、この頃から元義の内に存していたと考えられる。彼の幼時の学問に多大の感化を及ぼしたのは、古学によく通じていた従祖父の寺西喜右衛門であったと言われているが、元義八歳の時に歿したので、詳しい事は判っていない。

十三歳の頃より武芸に励み、太刀・弓・槍・長刀等師範について稽古している。彼の丈夫精神はこの時分から彼の心身に植えつけられたものと解される。黒住教の開祖黒住左京の講話を聴く米搗会が岡山番長筋に開かれていたが、これに出席したのが十四歳の時であった。そしてまた、当時岡山藩学校にも学んだのである。その頃、備前の神官で古学に通じていた業合大枝(なりあいおおえ)が、毎月十五日、岡山の町会所または寺社役所に備前領の士民を集めて神典を講説していたが、これにも彼は出席していた。古学に対する研究心が確立したのは、この時代と看做してよいだろう。

十八歳頃に斎藤真興と馴染になって、香川景樹派の歌会に出席するようになった。これにより彼の歌に対する愛着も深まって行った。文政元年十九歳にして岡山藩士、小林九郎大夫圓の娘を娶ったが、翌年早くも離婚している。離婚の理由は明らかではないが、大方元義の奇癖に耐えかねたものらしく、これ以後彼の女性観はすっかり変り、遊里へ通いはじめた。文政三年七月には、代々恩恵を受けて来た主家に対して奉公明けせず、病身の理由を申し出て、退身を願い、父新兵衛長春の厄介人となって弟源五郎(註3)に嫡子を譲った。

平尾家厄介人時代になって歌を本格的に作りはじめた。現在残っている元義歌集の最初の歌

袍鄧々岐秀加微能瀰加渡珥許鄧氏志底那枳能與呂志茂加微能微加渡珥
（ほととぎすかみのみかど（神御門）にことで（言出）してなき（鳴）のよろしもかみのみかど（神御門）に）

これは文政六年二十四歳の時のものである。彼の歌は最初から万葉調であったと言えよう。謡曲にも興味を持っていたとみえて、当時盛んに謡曲を謡っている。先年弟新兵衛長直が平尾家の跡目相続となったので、これ以上平尾家の厄介人となる事に気兼ねをしたものか文政八年二十六歳以降、彼は平尾家の厄介人たる事をやめて、継祖母の実家である興津長八郎重之の厄介人となり、爾来三十三歳まで興津新吉藤原直元と称した。

興津家厄介人時代の二十七歳の時、備前津高郡横井村の坂右衛門の行った無礼を咎めて、これを手討ちにするという事件を引きおこし、彼の傍若無人な無軌道振りは世間に有名となった。そのため翌年には、この手腕を買われて岡山四番町の御小姓組首斬り役犬丸松次の養子となり、一時犬丸新吉と称したが、十二月には、ここでも愛想

をつかされて離縁にされ、再び興津家の厄介人となった。天保元年には備前邑久郡伊部村森本屋の嘱に応じて「忌部考」を著している。この書に「備前藤原直元考」と署名があるのを見ると、この頃未だ藤原姓を用いていた事が判る。

天保三年三十三歳の時、十二月突如として他所住居を願い出て岡山藩を脱藩、本姓に復して平賀左衛門太郎源元義と称し、

大穴牟遅神の命は袋負ひ淤祁命は牛飼ひましき

と述懐の歌を詠んで前途を祝し、「吾が待ちし時は来りぬ」と意気軒昂なところを見せ決意を秘めて岡山を去り、歿年に至るまで彼の放浪生活が始まるのである。この時期から四十七歳までは、専ら備前地方の放浪に明け暮れしている。彼の脱藩の理由についで世上さまざまに喧伝されているが、信頼するに足る資料の無いのは遺憾である。

次にその主なる説を取り上げて検討してみると

㈠　艶聞沙汰より扶持を奪われ遂に脱藩の止むなきに至ったとなす説

㈡　同僚の讒言に会って脱藩したとなす説

㈢　同藩の家老の足軽を斬り、とどめを刺す術を知らず武士として怠りであるとされ、事態がむづかしくなって藩に居たたまれず自ら脱藩したとなす説

㈣　堅苦しい官吏勤めを厭って自由な世界に入りたかった理由により脱藩したとなす説

以上四つの説の中、㈠は彼が当時専ら備中、板倉、宮内の遊里に通って、万成坂岩根さくみてなづみ来しこの風流に宿かせ吾妹

というような歌を詠んで「恋の歌人」と噂されたことに想像を逞しくした後世人が考えた説らしく、艶聞を敢えて隠そうとしなかった元義が、このような事柄ぐらいで脱藩するとは考えられない。㈡は根拠が最も薄く、彼は同僚の讒言ほどで身を引くほど繊細な神経の持主ではなかった。㈢は先述した津高郡横井村の坂右衛門殺傷事件であるが、幼時よりあらゆる武芸を練磨していた元義が、とどめを刺す術を知らなかったとは考えられないし、丸山昭徳の「續池田家履歴記」巻五、文政九年の条には明らかにその時の模様が記されて、この説を覆す証拠となっているのでこの説も不当と言わねばならぬ。㈣は最も彼に相応しいものだと思われる。彼は元来陪臣で上に媚びへつ

らう事が嫌いであり、拘束された身に早くから不満を抱き、自由な身になる事を最上の幸福と考えていたので、大方当時の腐敗墮落した武士生活と縁を切って自由な詩の世界に没入する事を固く決心したものと思われる。糅てて加えて生母には早く生き別れ、十二歳の時には継祖母興津知勢子を亡くし、更に二十八歳で父新兵衛長春を失い、脱藩前の三十三歳の年、弟長直は主家池田中老家の命を拒んだがために蟄居を命ぜられるという肉親の不運に遭遇する。彼の実家であった岡山市富田町の平尾家も跡目相続の嫡子が無い理由によって絶家の憂目となり、屋敷もこの年に払い上げとなるに及んで遂に元義の脱藩を決定づけたと見るのが妥当であろう。

かくして天保三年十二月岡山藩を脱藩した元義は、袋を背負った大穴牟遅、牛飼いに身を墮した淤祁命の故事を思い出しながら、苦しい放浪生活に入るが、やがて時機が来れば偉大な仕事をしようという決意を秘めて、自由の身に幸福を感じつつ備中各地を放浪、専ら古学を研究し歌仙歌集の抄写を行って作歌三昧に耽った。天保六年より弘化元年に至るまでの十年間は備前一宮の吉備津彦神社の社家大守隆友の家に客となり備前備中讃岐等を放浪した。その間「出雲風土記考」を著し、十訓抄、保健大記、太平記、参河国風土記、蕉雨園集、六帖詠草、延喜式神名帳頭註、絵本平泉実記、ひとよばな、鎮西菊池軍記、讃陽簪筆録、讃岐国人日記、たまだすき等の抄写に余念がなかった。その反面相変らず備中宮内の遊里へ頻繁に通った。天保十三年頃から父よりの持病である中気を患い、この年以後終生の痼疾となって悩んでいる。放浪している間は、門人に国学と和歌を教えて生計の道をたて、あるいは門人の家に寄食して口を糊していた彼も、弘化三年には笹沖村の六左衛門に借金の算段をしている。その証文（註4）が残っているが、この頃既に生活には窮していたものらしい。弘化五年正月一日に詠んだ歌に、

　きはまりて貧しき我も立ちかへり富足り行かむ春ぞ来向ふ（註5）

というのがあるが、この歌に示されている様に相当生活は貧窮であったらしい。

備前備中讃岐等を踏査した彼は、弘化四年四月二十一日に備前を発して美作方面に向かい、この地の風物鑑賞と古文書踏査に乗り出した。これ以後六十三歳頃まで美作地方の放浪の旅が続くのである。十九歳の年に妻小林某を離縁してから三十年間独身で、一家をなす事なく各所に情婦を作って世間に艶聞を播いて来たが、嘉永元年四十

九歳にして備前磐梨郡稲蒔村、石淵鴨神社の神官長浜豊三郎の三女で小町娘の評判の高かった富子を娶り、その家に同棲する様になった。富子を娶ってから彼は身を慎み、

吾妹子がかきひく琴の殊更に音あらたなる春にもあるかも

の歌に示された様に楽しい家庭を固めるべく努力した。嘉永三年五十一歳の時、長男源太（遠義、後に長浜義則と称す）が生まれた。美作地方に於てもわずかの門人を教授するのをもって生計を営んだが、彼の生活は益々困窮となり乞食同然の暮らしであった。この貧困な中にあって嘉永四年には清水谷家に願い出て判物を請け、同家の侍の資格で母代子を連れ、家来を大勢伴って京都へ上り、京見物に過し、あるいは和漢の大家を歴訪するといった余裕を見せた。母代子はその後まもなく病を得て同年十一月十五日内奈良の地で亡くなった。

嘉永六年には米国のペリー提督が浦賀に国交を求めてやって来るといった風雲急をつげる時代となって、元来尊王攘夷思想の急先鋒であった元義は、これに対する人民の心構えについて躍起となったが、安政二年の春から中気の痼疾が甚だ重く、その上

貧乏は益々募り、門人三輪神五郎を使いして度々素封家の門人矢吹林太郎に金策を依頼した。

矢吹林太郎もこれに深く同情して、安政四年美作勝田郡飯岡村多門の地に彼のために楯之舎塾を創設したが、安政六年には閉鎖の憂き目を見るに至った。病中にあっても依然古学に対する研究心は旺盛で、動かぬ足を引きずって美作地方の地理の探究及び古文書の研究に身心をすりへらした。この年、六十歳にして次男藤次（後に琢磨）が生まれたが、生活は愈々窮乏をつげる一方であって、門人の家を渡り歩き、零落の限りをつくした。門人の家も長男源太の生来の盗癖に困り、彼等の宿泊を嫌って極力避けた。かくの如き極度のどん底生活にも相変らず楽観主義をもって、彼は長男源太と共に古文書の抄写に余念がなかった。

文久三年岡山藩主池田慶政が退老して、水戸の藩主斎昭公第九子・九郎麿公（後に茂政）が義子として封を襲ぐ事となったので、入国に先だって前年以来藩士の事によって諸国に退去している者の帰藩が許された。元義にも亦住居御免の沙汰があって、大いに悦び次の三首の歌を詠じてその時の感慨を述べた。

武安の聖の君の立かへり又出坐しし御代かとぞ思ふ
　高光るひじりの君のいでませば野にたつ鳥もとよみてぞなく
　放たれし野邊のくだかけ岡山の大城戀しく朝よひに啼く

茂政はこれを聞いて、ひそかに元義の身上に同情し、門人中山縫殿之助の彼に対する公への奉上もあって、茂政公は遂に元義を禄する内命を下し、元義の先祖書上を徴せられた。かくして慶応元年十二月には翌年正月四日登城の上、御目見え仰せ付けられるという命があり、それと二重に備前御野郡中野村の黒住教の行司所から同教顧問として招聘される事になった。どん底生活にあった元義の一家にもようやく人生の春が訪れようとしたが、それとともに彼の病も昂じ、同時に老憊が迫って来た。

（彼の歿年月日には多少疑点が生ずるので後述するが、現在まで一般に信じられて来た説に従うと）

その年の十二月二十八日、元義は滞在中の備前上道郡大多羅村の門人中山縫殿之助の家を出て、同郡長岡村に赴く途中、長利の村はずれにて急に卒中病を起し路傍の小溝に転落して凍死したと言われている。時に六十六歳。波瀾に富んだ一生もここで敢え無く終ったのである。門人達は相議って大多羅村字大師にある中山氏の墓地に葬った。今なお、元義は大多羅村（現・岡山市東区大多羅町）の中山氏の墓地に葬られてある。

四、元義の歿年月日

以上、元義の伝記を述べて来たのであるが、雑誌『岡山春秋』に元義の歿年月日に誤りを示す資料が発表されたので、それをもとにしてこれまでに残っている資料から各説を検討してみたい。

最も通説となっているのが前述した、

「慶応元年十二月二十八日歿　六十六歳」説

である。これは元義研究の権威者であった羽生永明の「註解平賀元義歌集・付録」の元義年譜の記載するものである。もっとも羽生永明は「戀の平賀元義」に於て「明治

五、六年に歿したか」という記事を載せていたが、何かの資料に拠って、その後発行された歌集の年譜では訂正している。戦前発行の岩波文庫本及び改造文庫本の平賀元義歌集はこの歿年月日に従っている。このほか元義に関する大部分の書物は、この歿年月日を記している。大多羅村にある元義の墓銘にも「慶應元年十二月廿八日歿　年六十六」（註6）と刻されているが、この墓は大正六年に建設されたものであるから信頼するに足らぬ。

右に対して更に左の両説が見受けられる。

「慶応二年正月七日歿　六十七歳」説。これは有元稔編『平賀元義家集』（明治三十九年十二月二十八日発行）掲載の平賀元義略伝に塚本吉彦の記す所である。

「明治四年十二月二十八日歿　七十二歳」説。これは小橋鵠浦の「平賀元義片影」に引く伊吹千足が父より聞いたという説話である。

しかるに、永山卯三郎氏が雑誌『岡山春秋』（昭和三十年二月一日発行　第五巻第八号）に紹介された池田家岡山事務所文庫所蔵の元義自筆の文書によれば、

慶應二年九月邑久郡和田村高徳屋敷平賀元義書

と記されてあるのによって羽生氏、塚本氏の説は誤りであるとしなければならない。
また、岡直盧(なおり)の齋垣内集に

明治元年戊辰秋九月十日故平賀元義造墓時作歌

こもまくらたかしまやまのいやたかにたかくしめたておくつきどころ

とある所よりすれば、元義は明治元年九月十日迄には既に故人となっていたわけで、伊吹氏の説も伝聞の誤りと言わねばならない。従って永山氏が『岡山春秋』の「平賀元義の歿年月日」に蔵知矩氏の調査により伊吹氏の談話を信じて

明治四年十二月廿八日歿　享年七十二歳である事確実である

と論定されたのも勿論過誤である。

元義の歌の中で最も新しいものが

慶應元年九月十一日望上道郡幡多郡布勢石倉作歌

大汝神命の臥せらしゝ布勢の石倉見れば尊し

であり、これ以後新しい歌が発見されていないので、歿年を決定づける事は出来ない。結局これらを総合すると

慶応二年九月より明治元年九月十日迄の間に歿すとのみ判るわけである。なお、もし仮想が許されるとすれば、歿した月日を十二月二十八日にとって慶応二年十二月二十八日とするか、慶応三年十二月二十八日とも推察される。また正月七日にとれば慶応三年正月七日あるいは明治元年正月七日とも推察出来るであろう。

いずれにしても決定的な資料が見出し得ないので、はっきり断定出来ないが、従来通説となっていた「慶応元年十二月二十八日歿　六十六歳」説は今後改めねばならない。

なお、元義の歿後の妻子に関しては野田実氏の「続平賀元義評伝」に詳しいので、それに従って補筆したい。

元義の歿後、長男源太は岡山藩士番頭瀧川縫殿の長臣加藤峰之進の養子となり、京阪地方を放浪したが、明治三十年七月稲蒔の母の実家長浜氏の籍に入り長浜義則と称して、備前国和気郡本荘村衣笠に住して傘張りを職とし、大正四年十二月六十六歳で死亡した。また、次男藤次は、母富子の再嫁した美作国英田郡川會村北の鍛冶職戸田芳造の家に育ち、その地の小学校教員など勤め、その後岡山県巡査を奉職したが、明治二十二年七月、三十一歳で死亡した。この二人の墓は稲蒔の桑畑の一隅に残っていると言われている。なお、元義の妻富子は明治四十四年九月二十八日、戸田家において、八十四歳の高齢で亡くなった。

元義の息子二人は何れも不肖で、彼の著作のほとんどを散佚してしまったと言われている。

五、元義の人物

出世の時より家庭的に恵まれなかった元義の性格は、常人と異って奇矯かつ粗慢豪放なものであったのは言うまでもない。彼の歌の特異性も彼の性癖や行動より来る所が大であるということを最初に述べておいたが、彼の歌を考察する前に先人の伝える逸話や遺墨をもとにして、平賀元義の人物像を浮き彫りにしようと思う。

元義の人物については、晩年に教えを受けたと言われる岡直廬が、大正年間に山陽新報紙上に登載した「齋垣内歌話」及び元義を世に紹介する端緒となった羽生永明の「戀の平賀元義」の一文を参考に見ていく事にする。

元義の容姿について、岡直廬は次の様に言っている。

「髪のゆひ方一風あり、長高くして、大なる方、たしかに一物ある風姿をそなへ、また片足を傷ひし瘡痕を蔽はんため、常に其の片足に足袋を穿ちて盛夏にも脱がざりしにより、沖津の片足袋とあだなされたりき」

また、塚本吉彦は「彼は常に月星の紋つけたる檳榔子（びんろうじ）（筆者註・ヤシ科の常緑樹、檳榔樹の実を染料とした）の羽織に黒鞘の刀をおびたりき」と言っている。羽生永明の「註解平賀元義歌集」には更に詳しく彼の人相の特徴を列挙して

いはゆる爪実顔にして平たき顔付の方、額広く鼻筋通りて降準なる方、顎細長き方、目は二皮目にして細く、茶色の眼落込みて見ゆれど、パッチリと開きたる眼ざし輝きて凛々しく見ゆる方、眉毛濃き方、常人の如く顳顬のところ窪まず、頬骨より耳の端まで一つづきに見ゆる方、小鬢に面擦ある方、野郎額細く剃り明け

て鬚髭なき方、髪は薄けれど長き大髻に結ひ、鬢付油を以て鬢の毛を固め、白髪一筋だに交へず、其の髷は元結より後の方を長くし、前と後との割合七分三分にて、後の方を高くあげたる方、面色桃色にて身長高く、威容ある大男の美男にて、優揚たる態度、大名としても恥かしからぬ品位ある方、松皮菱の中に二引ひける平賀家の紋所つけたる藍色鼠の薄手の着物著たる方

とその特徴を細かく記している。これによるとかなり美丈夫であったと推定される。この反面、子規が言っている如く「元義は潔癖の人、されど何となくきたなき人」でもあった様である。彼が武士たる事を自覚して太刀を差し、盛夏でも片足袋を穿いて、平然と大道を闊歩していた姿は想像するに難くない。

平賀元義と言えば、世間で知られているのは、大潔癖家、大朝寝坊、大酒家、大好色家としての彼である。元義にとってあまり有り難くない事柄であるが、事実こういった名を付けられるに相応しい言動や逸話を残しているのは否定出来ない。

第一の大潔癖については多くの逸話がある。朝寝坊より目覚めて食塩を手にして歯を磨くが、その用いる塩の量が驚くほど多量であった事や、厠に行って用いる紙の量

が異常であった事、また結髪にも彼独特の好みがあり、彼の意に適う理髪師を求めて数里を隔てた得意の髪結床に通った事等、彼の日常生活の潔癖症を示す例は枚挙に遑がない。日常の潔癖もさる事ながら、彼は常に歌に於て実詠を重んじ古調歌一筋に精進した事、更にまた国中の古名跡古社寺等を実地に取調べ、神社の祭式も古式に則って正す等考証研究に力を入れたのは、所詮彼の潔癖性がなしたものと解する事が出来る。彼は一般古学者と同様、思想上仏教を嫌ったが、特にその嫌悪の情が甚しかった。僧侶が通ると顔面蒼白になって何処かへ隠れてしまうほどであった。或る時過って彼の佩刀の鞘が僧衣に触れたのに驚き、急いでこれを磨いて鞘の漆を剥ぎ取ったと伝えられている。こういう異常な潔癖性をもっていたため、当時の人々から狂人扱いにされていた。

しかし彼は曲がった事を嫌い、赤貧に甘んじて賤しい身をもって満足していたので、野心を抱くような事はなかった。種々の職に就けと勧める者があっても他人の好意に敢えて従わず、悠々自適して不羈不絆な放浪生活を楽しんだ。長上と雖も、事国体に関しては口角泡を飛ばして議論を行い、いつでも果し合いをする意気込みには如何なる者も辟易したと言われている。幼少より記憶力の秀れていた事は前にも述べたが、彼の学問ならびに歌に対する傑出した作品を残す原動力となっているものは、この天性とも見られる記憶力にあった。それ故万葉集等の講義をする時もいつも無本であった。

彼は大酒家としても有名であるが、それは彼の歌に酒に関するものが多いためであろう。

久方の月にむかひて酒くめば金岡の浦にたづ鳴きわたる
ここにして紅葉を見つゝ酒飲めば昔の秋し思ほゆるかも
久方の月に向ひて吾妹子と飲む盃に梅の花散る

といった歌をしばしば詠んでいる。揮毫の多くは「元義酔書」と書かれてある事からして大酒家であったと見る事が出来よう。しかし岡直廬によれば、元義は真の大酒家ではなく、殊更酒豪の如く装って李白の様な境地を味わっていたものと伝えている。

彼の性格を最も端的に物語っているものは「門人高階謙満の宅にて宴飲せし時の歌」

天照皇神も酒に酔ひて吐き散らすをば許し賜ひき

である。一首から彼の磊落、粗慢な性格、天真爛漫さといったものが汲み取れる。
こうした傍若無人な振舞をして狂人扱いにされていた彼も、父母には孝行しようと心掛け、事に接して父母を懐(おも)う情の切なる歌を詠んでいる。

上山は山風寒しちちのみの父のみことの足ひゆらんか
父の峰雪降りつめて浜風の寒けく吹けば母をしぞ思ふ
ははそばの母を思へば兒島の海あふ崎の磯波たちさわぐ

早くから両親の愛情に欠けていた元義の心情がよく表れている。
彼の逸話の大部分を占めるものは、大好色家としての平賀元義である。彼が世間に紹介されたのが、羽生永明の「戀の平賀元義」の一文であるのによってもその様子が知れよう。彼の作家中、女性に関した歌が頗る多く、世間の人々から吾妹子先生のあだ名を受けているほどである。岡山郊外二里ばかりの地に宮内という遊里があり、そこへ公然と声高らかに万葉調の歌を歌いながら幾度も通ったのは有名であった。岡直廬の歌話によれば、
岡山より此地に遊ぶ人もなきにあらねどその人々は、何れも忍びやかに通ひたり

しを彼元義は此處に来りても例の赤裸々主義にてかの里なる貸座敷の間を音づれて声高らかに

萬成坂岩根さしぐみなづみ来し此のみやびをに宿かせ吾妹

と歌ひければ、宿主始め店のもの等打驚き、こはキ印ならんと意に忤うて乱暴せられんことを恐れよき程になだめて謝絶すれば立去り又他に至りて高声に萬成坂を吟じ、かくて数戸を歴訪して、不得要領に叫び萬成坂岩根さぐみてなづみ帰り甚だ得意なりしことありと言ふ。

と記して彼の好色ぶりの一端を述べている。彼は元来、上代文学を学ぶ事によって、時人の様に本心を欺いて行動する事を極力嫌い、儒者流の真情を抑制してわざとらしい禁欲に反対していた。そのため、むしろ万葉人流に赤裸々な真情を吐露して憚らなかったので、こうした奇矯な言動の数々も、上代人の跡を慕うあまりに示された行為と看做して良いのではなかろうか。

彼は終始楽観主義をもって一生を貫いて来た。如何なる重大事件、如何なる悲哀に満ちた状態に置かれても平然と思考のままに行動なし得たのは、物事を楽観視する態

度を有していたからである。彼の人生観を窺い知る歌の一つに

　　なるままになれ世の中はなるままにならぬをなれと思ふものかは

というのがある。常に不遇な境遇にありながら自然の成行きにまかせて悠々自適として人生を不羈不絆に歩んで来たのは、この歌の境地に悟入していたからである。

「字は体を表す」と言うが、彼の揮筆は頗る奇異なもので、その書を見ると彼の性格を髣髴とさせる。羽生永明は「戀の平賀元義」の中で「其の勢は天馬空をゆくが如く、縦横に揮写したる筆つき狂熱詩人のおもむき見ゆ」と述べているが、まさに適評と言える。彼の書道の流儀は一風変っており、穂先を切り落とした筆によって揮写している。それは彼独特の考えによるものであった。即ち仏教嫌いであるとともに唐風嫌いであった彼は、書体が唐風になる事を好まず、第一筆そのものが唐よりの渡来物であることから、普通の筆で書くのは筆法を唐風にする事であると信じ、さりとて木や竹で書くわけにも行かず、結局筆の穂先を切り落とす事によって唐風の書を作るのに不便にして書いたものだと言われている。彼の書は確かに彼一流の字体となっている（巻頭の写真(1)参照）。また墨を磨るのに普通の水を用いず、何時も酒を用いて磨っ

たという事である。彼が好んで「元義酔書」と署名したのは、筆自体が酔を帯びていたためかと伝えられている。かくの如く書道の面に於ても彼特有の奇矯な性癖を示しているのは、非常に興味ある事である。

第二部　平賀元義の作歌

一、元義の学問

元義の学問を知るのに必要な著作が、明治六年に門人矢吹経正の家で焼失してしまい、彼の古学研究の造詣を窺い知る資料がほとんど無くなってしまった。今日では残存しているものの中から、彼の古学の傾向を判断するよりほかはない。現在最も重要視されるものに、元義自ら門人秦民部の問いに答えた手紙がある。

その中に彼は次の様な事を述べている。

學問之儀御尋、總名、古學にて御座候。然れ共、只、古學と計にては、何と申事分り不申候故、十二に割目を仕候。第一兵學、第二神道、第三歴史、第四地理志、第五氏族、第六國法、第七神事、第八政事、第九醫學、第十名物、第十一文章、第十二歌學にて御座候。

普通古学と言っても漠然としたものであるから、彼は出来るだけ詳細に彼独特の古学を解明しようと試みて、この様な割目をつけたものと思われる。この口上（門人秦民部の問に答ふる書）によって、我々は元義の学問の傾向を窺い知る事が出来る。彼の学問の特色は、ここで取りあげようとする歌学を最も低く見ている事である。即ち彼の学問の本領を発揮したのは、歌学以外のものであったと看做される。しかし不幸にして我々は資料の無いために、その成果を見る事が出来ない。

彼は学問をただ、記紀、万葉あるいは祝詞宣命等、所謂古学にのみ求めたのではなく、その学問の範囲は相当広く、晩年に至るまでに手抄した書物の数もかなり多い。因みにその書物をあげて見ると、

延喜式、大同類聚方、和訳名数、一騎歌盡、平家物語、太平記、元元集、曽我物語、十訓抄、群書類従、古事記伝、新學俗神道大意、常山紀談、西国太平記、源平盛衰記、神部職任考、本朝軍器考補記、神代系図伝、三社詫宣抄、理学類篇、日本政記、源平拾遺、鎮西菊池軍記、参河風土記、出雲風土記、讃陽簪筆録、讃岐国人日記、保健大記等々

である。このほか美作史談会叢書（第一篇）によると、平賀文庫内の概略が紹介されてあって、彼の学問を知る上に重要な資料と思われるが、その内容が公に発表されて

いないのは遺憾である。しかし彼の学問の傾向を知る上に於て参考となるので、平賀文庫の内容概略を記しておく。

平賀文庫

一、貴重材料	一袋
一、兵学	一袋
一、歴史類	二袋
一、地理草稿	一袋
一、氏族伝記	一冊
一、諸家系図	三袋
一、故実	一袋
一、諸禮	一袋
一、神事	二袋
一、政治類	一袋
一、医学	一袋

一、名物類　一袋
一、歌学　一袋
一、諸国郡視聴録　一袋
一、書籍目録　一袋
一、地図、天平儀、洋天儀　一袋
一、美作国視聴録　三冊
一、同大庭郡の部　一冊
一、同雑記の部　一冊
一、先考平賀長春兵学遺書　二袋

以上の目録によって元義が口上で述べた古学の定義との一致をほぼ見る事が出来る。しかしながら、元義の学問を知るに必要なだけの資料を見出し得ない現在、彼の古学に関する経歴を識るには作歌を主とするより他はない。彼は学問の中では歌学を最下位に置き、また歌については、秦民部の問いに答えて

私歌の體の事御尋、先師賀茂真淵翁の歌の體を好申候。然れ共、學問の餘力によ

み申迄にて、歌計よみ不申故世上之歌よみの様に、數は得よみ不申候と述べて歌を軽く見ている。彼が先師と仰いだ真淵も「歌の業の如く思へるは後の世のひが心得なり」と言っている事から、真淵と元義の言との一致を見るのであるが、これは元義が真淵の言説に従って、門人達に歌を業とせず、学問に励むのを勧めようとして述べた説諭であったと看做してよいだろう。

彼の本領は歌よりも他の学問にあるのだと言いながら、彼が作歌に注いだ熱意は非常に強く、彼の伝記を通観しても作歌に於ける業績は大なるものがあった。それ故彼が歌学を学問の最下位に置き、また「學問の餘力に詠」んだからとて、彼の歌を軽く見るのは誤りであり、むしろ彼の歌こそ彼の学問、思想、人物を知る上に於て最も良い資料であると言わねばならない。即ち彼の歌を考察する事によって、彼の総合的な学問を解明する鍵となす事が出来るのである。

現在、元義の歌は長短歌合せて六百五十数首存しているが、その大部分の歌は万葉調であり、万葉集の内容と形式とを己のものとして詠み表わしているのは実に驚嘆に価する。

二、元義に影響を与えた歌人

正岡子規は『墨汁一滴』の中で「彼に萬葉調の歌を作れと教へし先輩は非ず」と言っているが、果してそうであっただろうか。元義が秦民部に答えた口上に「和歌の體の事御尋、先師賀茂真淵翁の體を好申候」とあるが、元義に万葉調の歌を作れと教えた先輩こそ賀茂真淵であったと言っても過言ではなかろう。

真淵が歿したのは明和六年十月三十日である。元義の生まれたのが寛政十三年七月三日であるから真淵の歿後三十一年に当る事になり、勿論直接教えを受けてはいないが、間接的に真淵の著書から教授され、元義に深く感銘を与えたものと思われる。終生それが元義の和歌や思想に影響を及ぼしている事は、彼の作品を見る時、真淵の思想や歌論に全くの共通点が見出されるのによって明らかであろう。

しかし、元義が何時頃から真淵の著書に親しむに至ったかは不明である。ともあれ、真淵の主張した古調歌を元義に植え付ける機縁となったものは、元義が生育した吉備地方の古調歌人の影響によるものと思われる。そこで、当時の吉備歌壇の状態及び元義が影響を受けたと看做される古調歌人について概見してみたい。

吉備地方には当時中央歌壇に於て活躍した著名な歌人が輩出したが、中でも鈴屋門の重鎮藤井高尚はその中の第一人者であろう。彼は吉備の地に多くの塾生を養成し、中古の歌風を尊んで彼等に鼓吹したため、吉備地方には尚古派歌人が多く出た。一方備中に於ては桂園派の四天王に数えられた木下幸文、菅沼斐雄、高橋正澄の如き景樹の高足も出て、尚古派に対抗して桂園派の勢力を絶大ならしめた。かくの如く、当時の吉備歌壇は、尚古派と桂園派が相拮抗した活溌な時期にあったと言える。こうした中にあって、高尚の尚古思想を更に押し進めて行った業合大枝及び桂園の歌風を巧みに取り入れた古調歌人内藤中心(なかご)等の影響を受けて、特異な歌風を創成して行ったのが元義であった。

しかしながら、彼は直接に教えを受けた師とて無く、間接的にそれらの著書によって影響を受けたものと思われる。この点が普通の歌人と異っている所である。彼が夙に愛読したものに内藤中心の「櫻舎集」(元義二十四歳の時、上梓された)がある。

中心は真淵の門下である土佐の古学派谷真潮に学び、半生を備中に過ごした古調歌人である。しかし、彼の歌には当時の新勢力である桂園派の影響を多分に受けているのは否めない。

中心の歌をあげておく。

あなごもる虫を出でよと天の原踏み轟かし神の鳴るかも

小夜ふけて暁いつる月影に天きらひふる夜の白ゆき

梅の花にほゆ春べに山里もこのもかのもに鶯ぞなく

右の三首は古調歌人とは言え、元義の作る万葉調にはまだ程遠いものがあり、中心を先駆者とするのは物足らぬものが残る。

中心のほかに土岐建雄の影響を受けたとも言われている。この人については、本居家の門に入った備中の人というのみで、詳しい事は判然とせず、歌も余り知られていないが、本居太平の「八十浦の玉」に数首出ているので、その中から二首あげると

春立ちていくかもあらねば打わたすをちの国原霞たなびく

秋風のいふきわたれば旗薄まねくたもとに露ちり乱る

中心も建雄も当時の歌としては、かなり古調歌に属する事は断定出来るが、これらを以て元義の歌が決定づけられると考えるのは早計であろう。

当時古調歌を学んだ人々にとって絶大なる好意をもって迎えられたものは、業合大枝の記した歌論「新學異見辯」（文政十二年上梓）であった。これは景樹の「新學異見」に反駁して、真淵の歌論「新學」を弁護したものであり、当時「新學」を読んで感銘を受けていたであろう元義を更に刺戟し、純古調歌創作の確立に大きな自信を与えたものと思われる。業合大枝の歌は藤井高尚より一層古風であるが、元義の万葉調に達するまでには程遠いものがあった。

立かへり春は来にけり吉備の海やたか島のねに霞たなびく

大井川春の櫻のあととめて闇の花とも散るほたるかな

春やまもから山とこそ成にけれ風の心も冬はあらびて

等の歌が大枝のものである。

元義の歌を見て最も進歩の跡が見られるのは、子規も言っている如く、天保八年頃からであった事を考えるならば、大枝の「新學異見辨」の上梓は元義にとって一大転機を作ったものと言えよう。真淵の「新學」を駁した景樹の「新學異見」によって多少の不安を感じていた元義も、この異見弁に励まされて、ひたすら古調歌に徹しようと決心したものと思われる。しかし業合大枝も畢竟、著書の上での師にすぎなかった。彼が大枝に直接学を受けようと、大枝のもとに出かけた事もあったが、

弓柄とるますら男子しおもふ事とげず殆かへるべきかも

と拒絶されるの止むなきに至ったのである。

要するに奇矯な性癖を持った豪放疎慢な元義は、当時の歌人の間では特異な存在であり、異端者と見られていたために、何処へも弟子入りする事が出来なかった。

かくして彼は敢えて師に就こうともせず、只管、「先師真淵の歌の體」を目標として当時の歌壇には目もくれず、独立独歩古調歌を目指して突き進んで行ったと考えられる。

天性古学に興味を持つ素因があった所に、真淵の歌論に多大の影響を蒙って、当時の吉備歌壇の古調歌人の歌集を愛読しながら、師承なく万葉を模倣し、やがて独自の歌を創成して行った元義の作歌経歴は、和歌史上に於てもあまり例を見ない特異なケ

ースであったと言わねばならない。

三、元義の思想

元義の思想の根底をなすものは、古学より体得した素朴な上代人の感性とも言うべき神道思想と尊王攘夷思想にあった。
即ち幼少より国学を学び、自ら国学者を以って任じていた元義は、国学を究める事によって国体の根源とされている惟神の道に立脚した神道を重んじ、国学精神より生じて来る尊王攘夷の思想によって彼の思想が構成されていたと看做される。
彼が遵奉しようとした目標は
先ず古の歌を學びて古風の歌を詠み、次に古の文を學びて、古風の文を連ね、次に古事記を善く讀み、次に日本紀を善く讀み、續日本紀ゆ下御代繼の文らを讀み、式、儀式など、或るは諸の記録をも見、（西宮、北山、江家次第等までに至る）假字に書ける物を見て、古事、古言の残れるを取り、古の琴、笛、衣の類、器などの事をも考へ、其外種種の事どもは、右の史等を見思ふ間に知らるべし。斯く皇朝の古を盡して後に、神代の事をば窺ひつべし。然てこそ天地に合ひて御代を治めませし、古の神皇の道をも知り得べきなれ。

と「にひまなび」に述べている如く、「神皇の道」に達する事であった。彼が絶えず古調歌を詠み、記紀を学び、史書を繙き、地理を実証し、古文書を考証し、儀式有職故実を正したのは、畢竟「神皇の道」を極める事にあったと言い得る。就中、彼の門人のほとんどが神官であったという事や、晩年には黒住教の顧問として招聘された事柄を考慮に入れるならば、彼が神道思想家として当時大なる地位を占めていたのが解されよう。

彼の作歌に於ても神祇に関したものがかなり多く見受けられる。

八百萬神のいませど類なきたふとき神は皇産巣日の神
皇産靈の神に続きて尊きは伊邪那伎の神伊邪那美の神
伊邪那伎のみ神は多賀に伊邪那美の神は熊野にますと知れ人

天照らす皇大神の天降らして今もましますの五十鈴の大宮

言はまくも文に尊き神籬の八柱の神を人の知らなく

といったもので、神祇に明るい事を示している。当時神祇に関する歌を詠む歌人が割合に少なく、これも元義の一つの特徴と見られるが、彼の神道に関する理解が深かった故である。

秦民部に与えた口上にも、元義の念願とする処は「御国之神社と存亡を共にする」事だと強く言い切っている。

黒住教に対しても早くから信仰を持ち、彼の思想あるいは人生観には黒住教の教旨より感化を受けたと思われる所が少なくない。黒住教の教旨は「教祖神訓誡七箇條」と「教の五事」が本となっており、精神修養の方法として、㈠心は大磐石の如く押し鎮めよ。㈡気分は朝日の如く勇ましくせよ。という二箇條を設けている。教旨の中には、誠を取外すな。天に任せよ。我を離れよ。陽気になれ、活物を捉えよ。腹を立てるな。物を苦にするな。といった極く平易な教旨で、元義の言動がこの教旨に遵守してあらわれているのを見る時、黒住教思想の影響が元義の上に及ぼす事、大なるものがあったという事を知るのである。

当時古学を究めた国学者間にあって大抵の者が持っていた思想は、尊王攘夷思想であった。まして岡山藩主の池田公を中心に藩全般に亘って攘夷党であった事よりすれば、元義が尊王攘夷思想の持主であったとて何ら不思議は無いのである。

天保十二年九月和二安田定之一作として「漢學する人の石上ふりにし道を教へてよなどいひけるにこたへて」の詞書がある歌に

今日よりは朝廷尊みさひづるや唐國人にへつらふな努

暗四鬼の司人達ねがはくばすめらみくにの大道をゆけ

等と詠んでいるのはまさにこの思想に拠って来たものだと言える。

折も折、嘉永六年にはペリーが来朝して国内は騒然となったので、当時の彼の歌の中には尊王攘夷の歌が屡々見出される。

大君の御稜威かゞやく日本にたはわざするなおその唐人

えみしらを討ち平らげて勝鬨の聲あげそめむ春は來りけり

年こそは同じくあらめ軍せばへろり男に豈負けめやも

えみしらは知らずやありけむ靈ちはふ神と君とのいます此國を
ことあらば火にも水にも大君の爲にぞ死なめ年は老ひぬとも
大君の御楯となりし丈夫の末はますく〳〵いや榮えたり

等はその代表的なものである。

一方これらは当時一般の風潮であって、これを彼の思想というのは早計にすぎはせぬかと見る向きもあるが、一応常に彼の根底にあったものとして神道思想と尊王攘夷思想をあげてよいと思う。

四、元義の歌

元義の作歌の其調となったものは、彼が終生私淑した真淵の歌論にあったと言えよう。

「にひまなび」の中で

萬葉集を常に見よ。且つ我歌も其れに似ばやと思ひて、年月に詠む程に、其調も心も、心に染みぬべし。

と述べ、更に「萬葉考の初めに記せる詞」では、

茲に古き歌ちふものこそ古き代代の人の心詞なれ。此歌、古事記、日本紀らに二百ばかり、萬葉集に四千餘りの數なん有るを、言は雅びにたる古言、心は直き一つ心のみになん有りける。故、先づ此萬づの言葉に交りて年月を渡り、己が詠み出る言の葉も心も、彼の中にも宜しきに似まく欲りつつ、現身の世の暇もある時は、且つ見、且つ讀みつつ、此中に遊ばで居る程に、古の心詞の自ら我心に染み、口にも云ひ習ひぬめり。いでや千五百代にも變らぬ天地に孕まれ生ふる人、古の事とても心詞の外やは有る。然か古を己が心詞に習はし得たらん時、身こそ後の世に在れ。心詞は上つ代に返らざらめや。

と言っているが、元義はこの言説に影響される所が大きかったようで、終始万葉を詠み万葉の神髄に触れる事を念願としていた。そして天性である記憶力の強さによって万葉を口誦し、万葉の内容と形式を己のものとして、終には行動までも上代人の如く

なろうとした。

彼は当時、「歌は作るものにあらずして詠むものなり。さればつくり歌はまことの歌にあらず」と主張して実詠を重んじたが、この実詠主義も真淵の「古の人の歌は設けて詠まず」（萬葉考序）に準拠したものであろう。尤も、元義が影響を受けた漢詩人武元登々菴は、前波黙軒の歌集「蕉雨園集」の序文に

「歌は心の聲なり。心内に動きて辭外にあらはる。故に古は無題の詠なり。古人の歌をなす、始め題目を設くるに非ずして、情に感じ詠を發す。これを以てその言質にして實云々」

と述べており、これが元義十七歳の時に書かれたものであるという事からみると、早くから実詠の必要性を銘記していたものと考えられる。

彼の歌の第一の特色とも言うべきものは、彼の単純性である。真淵も短歌の単純化を叫んで「其心多なりと言ふも、直くひたぶる物は詞多からず」と言っているが、元義は出来るだけ言葉を飾らず、歌を単純化する事によって雄健典雅なものにしようと試みた。また彼は生来、常に古学から享受した純真素朴な精神と彼持前の楽観主義に

よって生き抜いた。それ故、彼の歌には内容は深くないが、明るさがあると言える。「古の歌は萬づの人の眞心」、「古の直ちに知らるゝは歌」という「にひまなび」の論からあくまで古調歌を彼の宗として歌を作って来た。しかし岡直廬が「齋垣内歌話」で言っている「皇典の外、歌書として、古今以後の勅撰集などは、嘗て一たびも手を觸れず、萬葉にあらざれば敢て之を繙かず」の言の如く、上代風以外の歌書には手を触れなかったかと言うと、決してそうではなかった。彼が抄写した歌集をあげると

散木集、千首部類、古今集、千五百番歌合、擧白集、後撰集、石清水若宮歌合、貫之抄、新撰萬葉集、歌仙歌集、遠目百集、忠見書、藤川百首、山家集、夫木集、六帖詠草、八十浦の玉、蕉雨園集、鴨河集、たまだすき、ひとよばな、吉備國歌集、千家良我花、春草集、薄葉の錦、雲錦集、桂園一枝

等で非常に広範圍に歌書を渉猟している。このほか、桂園派の歌にかなりの理解を示している事や、景樹の「桂園一枝」は彼の愛読書であった事からしても、岡直廬の言は誤りといわねばならぬ。

しかしながら、彼の基調となっている歌はあくまで上代の歌、殊に万葉集にあった

ので、彼の一生を通じて決して万葉調から脱落しなかったのは、彼の万葉に対する理解と尊崇の念が深かったためである。

では万葉に帰依し、万葉を宗として生涯を生きぬいて来た元義の歌は如何なるものであったか。彼が拠り所とした本歌と彼の歌との比較をし、更に特色ある歌を各項目に分けて取り上げて考察してみたい。

⒜ 元義の歌と万葉集

吾はもや早花得たり水鳥の鴨山越えてはやはな得たり　（元義）
皆人の得がてにすとふ君を得て吾が率寝夜は人な來りそ　（元義）
吾はもや安見兒得たり皆人の得難てにすといふ安見兒得たり　（万葉集）

淑人のよしとよく見て住よしと云ひし吉野に住めるよき人　（元）
淑人の良しとよく見てよしと言ひし芳野よく見よよき人よく見つ　（万）

天地の神にいのりてますらをを君に必ず生ませざらめや　（元）
天地の神をいのりてわが戀ふる君い必ずあはざらめやも　（万）

大君の御代榮えむと山おへるあやしき亀も國に生出く　（元）
すめろぎの御代榮えむとあづまなる陸奥山に黄金花咲く　（万）

小夜中と夜は更けぬらし今しこそ行きても逢はめ妹が小床に　（元）
さよ中と夜は更けぬらし雁が音の聞ゆる空に月渡る見ゆ　（万）
伎倍人の斑衾に綿多に入りなましもの妹が小床に　（万）

吾大君ものな思ほし大君の御楯とならむ吾なけなくに　（元）
吾大君ものな思ほし皇神の嗣ぎて賜へる吾なけなくに　（万）
吾大君物な思ほし大君の醜の御楯と出で立つ吾は　（万）

埋火は消え果てにけり旅にして身に副ひ寝べき妹あらなくに　(元)
宇治間山朝風寒し旅にして衣借すべき妹もあらなくに　(万)
劒刀身に副ふ妹をとりみがねねをぞ泣きつる手兒にあらなくに　(万)

神風の飯岡の沼のはつ若葉赤裳裾ひき摘むは誰が妻　(元)
黒牛の塩干の浦に紅の玉裳裾ひき行くは誰が妻　(万)

神島の磯間は西に打見えてかへりみすれば玉の浦見ゆ　(元)
東の野にかぎろひの立つ見えてかへりみすれば月かたぶきぬ　(万)

夏秋の月とはいへど春霞かすむ月夜に豈しかめやも　(元)
夜光る玉とはいへど酒のみて情をやるに豈しかめやも　(万)

物皆は變りゆけども萬代に變るべからぬ神宮どころ　(元)

布當山山なみ見れば萬代に變るべからぬ大宮處　（万）
月も日も變りゆけども久にふる三諸の山の外つ宮どころ　（万）

五十串にてみわすゑまつる祝部らが松の下ひれふるもとぼしな　（元）
五十串たてみわ据ゑまつるはふり部の髻華の玉蔭見れば乏しも　（万）

山川の清き河内とみやびをの住むこの宿は萬代までに　（元）
山川の清き河内と御心を吉野の國の花散らふ……　（万）

消え残る葛城雪のめづらしき君に逢ふ日は暮れずもあらぬか　（元）
春の野に心のべむと思ふどち來りし今日は暮れずもあらぬか　（万）

むかひゐて見れどもあかず美作や二上山の秋の夜の月　（元）
向ひゐて見れども飽かめ吾妹子に立ち離れ行かむたづき知らずも　（万）

かくの如く彼の歌と万葉集とを比較する時、ほとんど全般に亘ってその相似性を見出す事が出来、彼が如何に万葉に心酔していたかを如実に物語っている。このほか同様の例は枚挙に遑がない。彼は門人達に対して始終「歌は萬葉以外は見るべからず」と諭し、講義に於ても万葉の秀歌を朗読するのが第一であったと言われている。万葉歌を詠む事によって、「其調も心も心に染」って行くのを念願としたのであろう。しかし万葉にある余情に乏しかったのは、彼の歌が真の万葉調に至らなかったものとして惜しまれる。

(b) 記紀と元義の歌

彼の古学好尚は万葉集にのみあったのではなく、万葉よりなお古く素朴な記紀歌謡、更には祝詞宣命等にも典拠を求めて作歌を試みている。特に記紀に出て来る故事を引いた歌が巧みに詠まれているのは、彼の記紀に対する造詣の深さを示すものとして注目される。彼が先師と仰いだ真淵も記紀、特に古事記を賞讃して、記紀の底に流れている素朴な上代人の精神を学べと述べている。

もとしげき吉備の中山櫻ちり青葉繁りぬはるつきむとす　（元義）
狭井河よ雲起ち亘り畝火山木の葉さやぎぬ風吹かむとす　（古事記）

妻籠に籠りし神のかみよより須賀の熊野に立てる雲かも　（元）
やくもたつ出雲やへがきつまごみに八重垣つくるその八重垣を　（古）
妙法院の皇子の大御船こぎいでし吹上を見れば涙ぐましも　（元）
山代の筒城の宮にもの申す吾が兄の君は涙ぐましも　（古）

ぬば玉の米倉渡わたりつゝ大國見れば日差山岩屋山船上山吉備の中山金山高島山
雄島山見ゆ歸りみすれば角山もみゆ　（元）
おしてるや難波の崎よ出で立ちて我が國見れば淡島淤能碁呂島檳榔つ島も見ゆ佐
氣都島見ゆ　（古）

以上の如く古事記歌謡の形式や用語を巧みに取り入れて独自のものに消化している点は偉とするに足る。なお彼は形式や語法以外に内容を拠り所として歌に詠み、一種特異な歌を生み出した。

　天照皇御神も酒に酔ひて吐き散らすをば許したまひき

この歌は古事記上の「速須佐之男命云々……天照大御神の營田の畔離ち溝埋めまた其の大嘗聞しめす殿に屎まり散らしき。故然かすれども天照大御神は咎めずて告りたまはく、屎なすは酔ひて吐き散らすとこそ我が那勢の命此くしつらめ云々」を拠り所として作られたのは明らかである。

　利兵衛が十握の劔遂に抜きて富子を斬りて二きだとなす

　利兵衛が臥せる屍蛆たかれ見る我さへにたぐりすらしも

この二首は、岡山城下新町の酒造家深谷某の番頭利兵衛が予て親しくしていた某商家の婢富子の変心を憤って富子を路上に刺し、自分も自殺を計ったが、検死終了まで死体の放置してあるのを見て詠んだ歌と言われている。こういう市井の事件を歌に詠むという事は従来の歌には稀であり、この点を見るだけでも彼の作歌態度の特異性を知る事が出来るのであるが、更にこの二首の表現が古事記あるいは日本書紀を拠り所として作られている所に、彼の異色が見出されるのである。

即ちこの二首の前者は、古事記の「ここに伊邪那岐命御佩せる十拳劒を抜きて其子迦具土ノ神の頸を斬りたまふ」、「天照大神先ず建速須佐之男命の佩かせる十拳劒を乞ひ度して、三段に打折りてぬなとももゆらに云々」あるいは日本書紀一の「伊弉諾尊遂に帯せる十握の剣を抜きて軻遇突智を斬りて三段と為す」によっている。後者は古事記の「伊邪那岐命其の妹伊邪那美命を相見まくおもほして黄泉國に追ひ往しき……故、左の御角髪に刺せる湯津々間櫛の男柱一箇取り闕きて一火燭して入り見ます時に宇士多加禮斗呂呂岐弖、頭には大雷居り」、「たぐりになりませる神の名は金山毘古の神」等の文から巧みに用語の取り入れられているのが判る。現実に起こった醜い市井の事件を上代風に熟して、古語を使用する事により歌を浄化しようとする意欲が見られる。しかも記紀の故事を即興的に取り入れて歌に表現出来るだけの技能を持っていたのは、日頃の古学に対する研究心の旺盛さを物語るものであって、前述した真淵の古説を忠実に実行したものと考える事が出来る。

彼は神道家であったため、祝詞に対する理解も深く、初期の歌や長歌に於ては祝詞の語法を良く取り入れて、古調歌人の面目を示している。真淵は祝詞については、

是れの詞の國の古、あやにあやに微妙しかりける事を思ほゆべし。斯く思ほえば古の書、古の歌の尊きを思ほえ分き、いとも畏き君が世の古に通り、尊き神の道をも窺ひ得るに至らまし、故、此の祝詞言の心を考へ説きて、今より古りぬる雅び文を云ひ列ねん奥處を覓むる山口とせんとするなり。

と祝詞考序の最後に述べているが、神道家としての元義がこの詞を受入せぬはずはなく、歌の中にしばしば祝詞の語法を取り入れている。

夏日咏㆓大祓㆒歌

許々太久能都瀰波阿利苫毛儺箇苫微能布斗能理斗語斗能理氏波羅波務

和餓佐斗能伊福能揶摩能揶摩伽筮伊伊浮岐波羅閉豫麻須比苫能都美

この歌は明らかに祝詞の影響を受けている。「伊浮岐波羅閉豫」は祝詞式大祓の中に

天下四方乃國仁波、罪止云布罪波不レ在止科戸之風乃天之八重雲乎吹放事之如久
朝之御霧・夕之御霧乎朝風・夕風乃吹掃事之如久

から取り入れており、「麻須比苫能都美」は

國乃中仁成出武天之益人等我過犯家武雜雜乃罪事波

に拠っている。このほか「許許太久能都瀰」は大祓詞の中の「許許太久乃罪出武」をそのまま抜き取っている。

彼は自らも祝詞を作っており、元義自作の「齋場祝詞」ほか一詞を見る事が出来る。

和歌史上に於て祝詞の用語を取り入れた歌人は、そう多くは居ないであろう。常人では出来ぬ作歌を敢えて成し遂げたのは、彼の特異な性格の齎（もたら）す所が大きかったと言える。

(c) 真淵の歌と元義の歌

真淵を先師と仰いで尊敬して来た元義は、真淵の言説を忠実に継承し、その理論を実行して万葉調の歌を詠み、自ら上代風にならんと試みて来た。斯様にその理論に忠実であった元義が、真淵の歌に関して如何なる態度をとったかは興味ある問題である。

秋の夜のほがらほがらと天の原見つゝし居れば月傾きぬ　（元義）
秋の夜のほがらほがらと天の原てる月影に雁なきわたる　（真淵）

うらうらと霧たなびく春の日に櫻散るなり長岡の寺　（元）
うらうらと長閑けき春の心より匂ひいでたる山櫻花　（真）

あきつ神わが大王の年立ちて人のこころものとかなりけり　（元）
春は疾く来ぬとは云へど大君の年立ちてこそ長閑なりけれ　（真）

鶯の春し來ぬればおちたぎつ瀧の社に波さきまさる　（元）
み吉野をわが見にくれば落ちたぎつ瀧の都に花散りみだる　（真）
夏の日も涼しかりけり都より風吹き通ふ籠崎の小門　（元）
紀の海は涼しかりけりあし邊より波うちはふる秋の初風　（真）
山蔭にも春し來ぬらし伯耆のや大山雪に霞たなびく　（元）
み冬つき春立ちけらし久方の日高見の國に霞たなびく　（真）
袖たれて見むと思ひし紅の梅の初花咲きそめにける　（元）
菅の根のながき春日を徒に暮さむ人は猿にかもおとる　（元）
菅の根の永き春日に袖垂れて見んと思ひし花散りにけり　（真）

あがた河若葉をわくる水の上にやどれる月の影の涼しさ　（元）
大井川若葉涼しき山かげのみどりを分くる水の白波　（真）

墨染の黑澤山の夕月にひとこゑなのる山ほととぎす　（元）
橘の薫れる宿の夕暮に二聲鳴きて行く郭公　（真）

久方の月に向ひて酒くめば金岡のうらに鶴なきわたる　（元）
住の江の浦わに立ちて月見れば難波の方に鶴ぞ鳴くなる　（真）

かくの如く元義は真淵の歌を本歌取りしているが、その影響は万葉等に較べると極く少数で、真淵の歌と元義のそれと比較するならば、元義の歌は真淵の歌以上に万葉に近いものとなっており、歌に関しては真淵の理論ほどその影響が強かったと考えられない。むしろ元義の歌は真淵の歌を超越して直接万葉を模倣したと看做す方が正しいと思う。

ただ、真淵の歌には洗練されたものがあるのに対して、元義の歌にはそれがなく、単純で底が浅いのは彼の歌の欠陥と言えよう。

(d) 古今調と元義の歌

前述したが、門人達には「歌は萬葉以外に見るべからず」と諭していた元義も、彼自身は、万葉以外の多くの歌集を繙いている。彼の生きた時代は桂園派の勢力が絶大であり、彼とてもかなり桂園派に刺戟される所があった。特に「桂園一枝」は彼の愛読書と言われているほどである。真淵も「にひまなび」の中で「今萬葉集を學び其心を知り古今和歌集を兼ねて其姿を得ば誰か追及無き物とせむ」と述べているが、元義の作歌の中から古今集以下後世の歌の影響を受けたものが見出されても何ら不思議な事ではない。

故郷の寸筋の山方山高み秋風寒し衣借せ妹　（元義）
都いでて今日みかの原泉河かは風寒し衣かせ山　（古今集）

伯耆山立榮えたる松樹は千代も變らぬ色ぞ見えける　(元)

住吉の松が根洗ふしき浪に祈るみかげは千代もかはらじ　(續後撰集)

あさりするもずの聲のみ聞えけり雪降りつめる浦の夕暮　(元)

みわたせば花も紅葉もなかりけり浦の苫屋の秋の夕暮　(新古今集)

吾妹子が園の櫻の樹の間より霞みて昇る春の夜の月　(元)

惜しむべき雲のいづくの影も見ずかすみてあくる春の夜の月　(續拾遺集)

天の原あけゆく空を眺むればかすみて澄める春の夜の月　(新拾遺集)

夜明ぬと吾出行けば妹が門のさくらのうれに残る月影　(元)

小倉山みやこの空はあけはてて たかき梢にのこる月影　(玉葉集)

よく雲は嶺にわかるる山ひめの霞のそでにのこる月影　(新拾遺集)

故郷の平尾の山のほととぎす昔の聲に今も啼くなり　(元)
變らずと人に語らむ郭公昔の聲は我のみぞ聞く　(續古今集)

長彦の山松風の音きけば君を千年のうたふ聲する　(元)
菅の根の長等の山の嶺の松吹きくる風もよろず代の聲　(續古今集)

本歌と元義の歌とを比較するならば、元義の歌が彼の他の歌に比して後世風であるのは免れないが、何処となく万葉的な趣が強く、歌を全般的に見ると、古今集以下の歌を本歌取りしているとは言え、その調子はやはり万葉的である。これらの歌は、彼の本領歌とも見られる純万葉調歌に比較すると力強さがなく、一段と見劣りがする。しかも古今集以下の歌集から本歌取りをしたものは、元義の作歌中僅少であり、それらの歌は古今・新古今を倣ったとは言え、その華麗さはなく素朴単調なものとなっている。結局彼の本領歌は万葉調にあると断言出来る。

(e) 元義の長歌

元義の長歌は改造文庫本に最も多く、三十一首載せられている。後世歌人の万葉調長歌は概して形式的に終始して、その歌の内容より寧ろ用語格調に重きを置いた結果、長歌の力と荘重味がなく冗漫になって古語の模倣に終った歌が多い。元義の長歌も短歌に較べると歌材を自由に駆使した歌が少なく、短歌ほど万葉調を自己のものとする事は出来ず、作為のある単調なものとなっているのは免れない。即ち長歌形式の重圧から脱しきれなかった。しかし中には彼の面目を示す暢達な覇気の示された力強い歌があるので、単調なものばかりとは言えないが、総じて短歌に較べると長歌には彼の力量が見られず、精彩を欠いていると言える。彼が長歌を作ろうと努力したのも古学の影響は勿論であるが、真淵の言説に従おうとしたためであろう。真淵は崇古的な復古思想から長歌を詠む事を強く提唱している。

長歌こそ多く續け習ふべきなれ。此は古事記、日本紀にも多かれど、種種の體を擧げたるは萬葉なり。其の種種を見て學ぶべし。短歌は唯だ心高く、調豊けきを貴めば、言も撰までは協はず、長歌は様様なる中に、強く、古く、雅びたるを善しとす。由りて言も其れに付けたるを用ひ、短歌には鄙びて聞ゆるも是れに用ひて、なかなかに古く面白き有り。さて古は、思ふ事多き時は、長歌を詠めり。また短歌も数多く云ひて、心を果せしも有り。後の人多くの事を、短歌一つに云ひ入るめれば、小き餌袋に物多く籠めたらん如くして、心卑しく、調歌の如くも有ず成り行きぬ。

これは「にひまなび」の中の一節であるが、真淵の長歌観を極めて端的に知る事が出来る。元義もこの言説を遵守して万葉の長歌を目的として、「強く、古く、雅びたる」歌を作らんとしたであろうが、彼の長歌の力量は短歌ほど満足には為し遂げ得なかった。

彼の長歌の中で秀れていると思われる歌を一首あげると

嘉永元年十二月二十九日野々口隆正及びある漢學者流のおのれを天傳ふ平賀の老翁また平賀の翁なにと、ものに書たるをみていたく歎きてよめるうた皆人は、あを老翁といふ、此人は、あを翁とふ、よしゑやし、老翁ともいへ、よしゑやし、翁ともいへ、黒髪は、いまだしらけず、白き齒は、黒くもならず、足すらも、いまだなへず、口すらも、やまずものいふ、此足の踏たつ極み、此口の、ものいふかぎり、丈夫の、心振起し、八島國、あるき回らひ、古の御書押開き、御國ぶり、説ぞ示さ米、事しあらば、火にも水にも、大君の、為にぞ死なめ、年は老奴とも

この歌には彼特有の偏屈な性格と、慨歎した時の感情が力強く表現されており、彼の長歌の中では出色のものと認められる。しかし元義の本領とするものは短歌であって、長歌は万葉に心酔し且つ、真淵の言説に従おうとして作歌された結果にすぎず、短歌に較べるとより冗漫で模倣にのみ終った感が強く、自己風に消化されていない様である。

（巻頭写真(2)の出雲尊孫の六十賀によみて贈る長歌参照）

(f) 元義の相聞歌

元義の歌は、相聞の歌（恋歌）で代表されると言っても過言ではなかろう。彼の作歌中相聞歌が多数を占めており、また彼の人物を最も赤裸々に表した点に於て、相聞歌は彼の歌の一特色となっている。元義の研究家羽生永明は、「戀の平賀元義」という題名で山陽新報紙上に彼を紹介して世間に反響を及ぼしたが、この意味からしても彼の歌を解明するのに、相聞歌を取りあげるのは適確であろう。伝記の所で述べた如く、彼は多くの女性と関係を持ち、世間から吾妹子先生と諢名を受けたほどの好色家であった。

しかし彼が先師と仰いだ真淵は、その歌論「にひまなび」の中に

歌はたとひ戯れがましき男女の相聞之を聞きても、聞く人の心に深く哀れとは思はれて、みづからの戯れ心は起らず。是れぞ唐國の面を善くして内きたなきとは異にして、うらうへ無き皇朝の古の習はしなればなり。

と述べて、恋愛の真実を吐露する事を肯定している。この言説に従って、彼は自分の行動を赤裸々に歌に詠み込んで何ら恥じる所がなかった。彼は上代人の単純且つ素朴

な東歌にある相聞歌の様な気分を持って、実際の行動を曝け出して憚らなかった。
一方、相聞歌は彼の真の行動を詠んだものでなく、上代風を模倣せんとして作った彼の偽りの詠歌にすぎないと見る向きもあるが、実詠を重んじた元義であり、彼の生涯、性癖上から見ても、あるいはまた遺伝的にも淫蕩の血の流れていた事から考えても、相聞歌には彼の真実の姿が詠み込まれていると断言出来よう。

妹が家の板戸押開きわが入れば太刀の手上に花散りかゝる
吾妹子が吾を見送ると金土より身もたな知らず出でてぞ來にける
いひし如まことと違はず妹が家の板戸は釘をさゝでありけり
小夜中と夜は更けぬらし今しこそ行きてもあはめ妹が小床に
さ夜中に妹が小床をまぎつゝも母にころばえかへるすべなさ
荒小田遠反々毛妹峨文見乍詩居婆小夜曽明二計流
夕闇の道は暗けど吾妹子に戀てすべなみ出てくるかも
石上ふりにし妹は咲き匂ふ初花よりもめづらしきかも

打見る島のさき不漏妻はあれど君をぞ思ふにくからぬから
天地の神にいのりてますらをを君に必ず令生ざらめや
五番町石橋の上にわが摩羅を手草にとりし吾妹子あはれ
三芳野の芳野の山に花見つゝ妹と遊ばむ春は來にけり

元義の相聞歌の特徴は、恋愛の極致を詠もうとしたため、非常に肉感的なものが多い。しかし行動をただ赤裸々に述べただけに終って、万葉集等に見る男女間の恋愛の心理的機微といったものに欠けているのは、彼の性格の単純性を暴露しているものと思われる。それだけに力強い叫びはあっても余情に乏しいのは彼の歌全体についても言える事である。但し中古以来の和歌が、恋愛を歌の詞藻としてのみ用いたのに対して、元義は実情真実の恋愛を歌に詠んでいるので、彼の歌には近代性があると言えよう。

彼が吾妹子先生と諢名された理由の一つに、子規が『墨汁一滴』の中で、「元義は妹といはでもあるべき歌に妹の語を濫用せし」と述べた様に、吾妹子、吾妹、妹等の語を用いた歌が非常に多い。元義自身も「歌に妹といふことばなくしては和らぎなくてよろしからず」と言っているが、彼の歌には序詞、枕詞、懸詞等によくそれらを用いている。

中山の神のみもろのほととぎすいもに楝の花食散す
新田の穂田は日てりて妹がきる衣笠山にしぐれ降るみゆ
おき出て朝戸のひらけばわぎも子に粟倉山にのこる月かげ
白眞弓春立つけさは妹が手をとりはしま山風のどに吹く
妹がうむ雄神の河のかは千鳥いへおもはせてよもすがら啼

といったもので、このほか枚挙に遑がない。
万葉以来幕末に至るまでに多くの偉大な歌人が輩出したが、かくまで特異性を歌に表して率直に真情を吐露した歌人を、多くは見出し得ない。ここに於て彼の相聞歌には、彼の真面目が発揮されていると考えてよいだろう。

(g) 元義と丈夫の歌

子規が「元義は妹といはでもあるべき歌に妹の語を濫用せしと同じく丈夫といはでもあるべき歌に丈夫の語を濫用せり」と述べている如く、彼の歌には「丈夫」を詠んだ歌及び「丈夫」の語を入れて詠んだ歌が相当数ある。

大井川あさかぜ寒み大丈夫と念てありし吾ぞはなひる
鳥がなく東の旅に丈夫がいでたちゆかむ春ぞちかづく
弓柄とる麻すら男子しおもふ事とげず殆かへるべきかも
玉くしげ二心なきますらをの心に似たるひゝらぎの花
大君の御楯となりし丈夫の末はます〳〵いや栄たり
月よみの光さやけみほことりて男さびする丈夫のとも
さひづるやから國人に日の本の手なみ示せよますらをのとも

元義が丈夫の歌を詠んだ理由に関しては、色々な証拠が挙げられる。

伝記の中でも述べたが、彼は武士の家に生まれ、幼時より太刀、弓、槍、長刀、捕手等の武芸を学び、一生を通じて武士的気魄を貫いて自ら「丈夫振り」を体得していた。また、彼の学問、思想、作歌等あらゆる面に最も影響を与えた真淵は、常に「丈夫振り」を唱えている。

「萬葉考の初めに記せる詞」よりその一節をあげると

上つ大御代には天つ神祖の道のまにまに、皇尊、嚴く雄雄しきを表とし給ひ、臣達は武く直きを専らとして、治め賜ひ仕へまつりけるを、中つ代より言さやぐ國人の作れる細やかな政を多く取り唱へ

臣達はも、文の司、武の司と分ち、文を貴く武を賤しとせしよりぞ、吾が皇神の道衰へて、人の心ひたぶるならず成りにたる。

と述べて、「文武」両道切り離す事の出来ぬ不二のものとして「丈夫振り」を推進している。彼が終生模範とし尊崇した万葉集には丈夫を詠んだ歌が多く

丈夫とおもへる吾をかくばかり羸れにみつれ片思を爲む

丈夫の行くとふ道ぞ凡ろかに思ひて行くな丈夫の伴

ますらをの弓末振り起し借高の野邊さへ清く照る月夜かも

韓國に往き足らはして歸り來む丈夫武雄に御酒たてまつる

丈夫の靫取り負ひて出でて往けば別を惜しみ嘆きけむ妻

等の例が示す様に万葉こそ丈夫振りの典型であった。斯様に元義が自ら丈夫を以て任じ、丈夫の歌を詠んだのは当然すぎるほど当然であった。「吾妹子」の歌と同時に「丈夫」の歌も彼の特色として忘れる事の出来ないものである。

(h) 元義と風流士の歌

元義は丈夫を以て任じるとともに風流士を以て自ら任じていた。そのため彼の歌は丈夫精神と同じくみやびの精神をも重んじた。彼の言う「みやび」は中古風の所謂「みやび」ではなく、上代の「みやび」であった。「にひまなび」の冒頭に、

古の歌は調を専とせり。謠ふ物なればなり。其調の大よそは、のどにも、明らにも、さやにも、深遠らにも、己がじし得たるまにまに成る物の、貫くに、高く直き心を持てす。且つ其高き中に雅であり。

と述べている。真淵は真実で格調の高い雄健な歌を詠むのを旨とするが、その中に「みやび」がなければならぬと強調している。結論的に言えば、歌に抒情がなければならぬ事を暗に示したものと言える。元義の歌はあまりにも上代風に模倣せんとして、単調になりすぎたが、中には「みやび」を強調しようと勉めている努力のあとの見られる歌がある。彼の歌には「風流士」の語を入れて詠んだ歌がいくつかある。

風流士の來りつどひて歌おもひ辭思ふべきこれの高屋
さかづきに散り來紅葉みやびをの飲む盃に散りこ紅葉
風流士ののむ酒づきに散く也庭のさくらに風のふきつゝ
みやびをの所會今日は盃にもみち葉散らせまさき山風
打日刺みやびをもがも水鳥の鴨の社のあきをしめさむ
神の根の秋の紅葉散りて來ば飲む風流士の杯のうへに

元義は「みやび」の語を用いて、自ら風流士を任じていたが、彼の歌は結局、真淵の

言う「みやび」の精神に到達する事は出来なかった。ただ万葉にある

遊士と吾は聞けるを屋戸かさず吾を還せりおその風流士

梅の花夢に語らく風流たる花と吾思ふ酒に浮べこそ

春日なる三笠の山に月の船出づ遊士の飲む酒坏に影に見えつつ

等の「みやびを」と元義のそれとは全く共通点があって、決して「たをやめ振り」の「みやび」ではなかった。

元義の言う「みやび」は丈夫振りと直結したものであったので、この風流士の歌も彼の作歌の特色の一つに数える事が出来る。

五、元義の詠法

元義の歌全般に関する特色を大概的に述べて来たが、なお一層その細部に亘って考察を試みるならば、彼の歌の詠法についての特徴を挙げる事が出来る。彼の歌は一見

すると冗漫単調なもので変化に乏しい。これも皆真淵の言説に従って、真心、自然、誠実、端的を念願とし、虚偽、虚飾、煩瑣、技巧を嫌っての作歌法であったと解される。しかるに彼の詠法を見ると、その単調さを補うに要する技巧が施されているのを随所に見受けられるのである。ここにその詠法の特徴を数項目に分けて、各項目ごとに例歌を引いてみる。

(イ) 枕詞使用歌

上山は山風寒しちゝのみの父のみことの足ひゆらむか
柞葉のはゝをおもへば兒島の海逢崎の磯なみたち騒ぐ
久方の天うちきらし兒島のや麥飯山ゆあわ雪流る
たらちねの母にころばえ夜逢む妹とし我は晝社逢けれ
玉櫛笥二神山にくれなゐの雲たなびきて雨は晴にけり
妹が園吾見にくれば白真弓春の月夜に梅ぞ薫れる
こも枕高島山ゆ見わたせば牟佐のあたりはよろしき所

佐比豆流夜加良荷古有伎登不人乃其像見流荷米豆良斯
たしなめて射水神のね奈義の峰初雪ふれりみつゝ遊ばむ

彼の歌には枕詞が非常に多く使用され、ほとんど全歌に亘って用いられていると言っても良いほどである。しかもその枕詞は大部分万葉集に詠まれているものを使用しているのは、彼の万葉に対する尊崇と理解の深さを物語っている証拠である。一首の歌に枕詞を二つ以上使用しているものも屡々見出される。

打日刺みやびをもがも水鳥の鴨の社のあきをしめさむ
名ぐはしき芳野の山にさゝがにの雲さへ晴て照月夜鴨

といった歌はいずれも枕詞を一首の中に二つ使用しているのであるが、長歌に於ては更に多く、三つあるいは四つの枕詞を詠み込んでいる。彼は枕詞を使用する事によって、歌の単調性を幾分か補い、歌に品位を加えると同時に万葉に見る調子の強さを表すのに役立たせている。

(ロ) 縁語懸詞使用歌

思ふ子に別れて行けば春の夜の月かげくらし倉敷の村
父の峰雪ふりつみて濱風の寒けく吹けば母をしぞ思ふ
妹に戀ひ汗入の山をこえ來れば春の月夜に雁なき渡る
きも向ふこゝろの中を居待月あかして語る今宵樂しも
妹がりとわが越くれば鹽田山あを松むしの夕月に啼く
かき數ふ二神山のゆきの上に霞たなびく春近みかも
牛飼の子らに食はせと天地の神の盛りおける麥飯の山
八千年の色こそ見ゆれ君が代の長良の岸に生ふる姫松

この様な縁語懸詞の使用歌も多く、枕詞、踏韻法、畳句法等と結合して、その連想によって生ずる歌の抒情を表現しようとしている。

(ハ) **踏韻法使用歌**

水鳥の鴨の川上風をよみ飛びかふ螢見れどあかぬかも
かやの姫神の生れし神代より茅野に萠ゆる春の若草
五百萬千萬神乃萬代荷幸倍將坐家處敍此宿
雄神河洲牟白龜濃彌白岐君峨白髮破千年稱牟

(ニ) **畳句法使用歌**

心なく啼く鴉かも吾妹子耳わかれのをしき春の夕ぐれ
清瀧を夕越行てなく田鶴の田土の浦に月をまたむかも
うみをなす長尾の村に長月のときじく匂ふ梅の花かも
大汝神命能臥羅詩々布勢之石倉觀禮婆尊師
武士のあととひくれば植月の槻の木の間に見ゆる月かな

踏韻法、畳句法ともに、彼の好んだ詠法で、これらの詠法を用いて歌に音楽的階調を持たせようと努力している。しかもすべて実詠から来た詠法で、属目の実景からそれらの語法は生まれている。

㈭ 序詞使用歌

吾妹兒があれを占見の浦の月獨し見れば家をしぞ思ふ
いよべ山ゆつ岩群に這ふ蔦の別のあまたをしき今朝鴨
上道居都に在とふきくの山よき事きかむ年のはじめに
雄神川早瀬をくだすはや船のはやも行き見む妹がゐまひを
美作や赤田の村の明らけき君がこゝろは神も知るらむ
あしびきの八緒の椿しが花のいやめづらしきけふのしらべか

歌の単純化を信条とした彼にとって、思情を単純にする技法として序詞を使用する事は最も効果のあるものであった。そのため、彼は万葉集にも屡々用いられている序詞を好んで取り入れた。

（ヘ）**繰返し法使用歌**

袍鄧々岐秀加微能瀰加渡珥許鄧氏志底那枳能與呂志茂加微能微加渡珥

比佐箇多能阿磨能箇播伽微比古熕志伊伊莽和哆羅秀暮阿磨能箇播伽微

石上ふりにし妹が園の梅見れどもあかず妹が園のうめ

わかくさの妻の子故に河邊川しば〳〵渡る嬬の子故に

旅にして月を見る夜は泊にし君ぞ偲ばゆ月を見る夜は

雄神川河邊涼しも高星ゆ北ふきおろす川邊涼しも

吉備津彦神の社の秋のもみぢ葉日並べて見れども飽かぬあきのもみぢば

万葉集の中でも特に古い時代のものに多く用いられた詠法であるが、それを取り入れて歌を極めて単純で且つ力強い直接的なものにしている。

（ト）**同類歌**

山陽に春し來ぬらし神さぶる奈義山雪に霞たなびく

山陰にも春し来ぬらし伯耆のや大山の雪に霞たなびく

夏秋の月とはいへと春霞かすむ月夜にあにしかめやも
夏秋の月のみよしといふ人にみせまくほしき春の夜の月
春秋の月のみよしといふ人にみせまくほしき夏の夜の月

和ぎも子が園生の松に啼蟬の聲のこほしき今日にも有かも
我妹子が苑生の松に啼く蟬の聲さへ涼し今日の夕立

香美山眞白に降れる雪の上に照る月影は見れど飽かぬかも
鏡山ゆきに朝日に照るを見てあな面白と歌ひけるかも

なみなみに思ふな子ども水尾の御書にのれる神の御山ぞ
おほらかに思ふな子ども皇親の御書にのれる神の宮處

あがた河若葉を分くる水の上に宿れる月の影の涼しさ
大井河緑を分くる水の上に照る月影は涼しくあるらし

丈夫はいたもやせにき梅の花心つくして相見つるから
丈夫はいたもやせにき村肝の心つくして梅を見し故
丈夫は痩にけるかも妹か園の梅の花見に心つくして

子規が「元義の歌は其取る所の趣向材料の範圍餘りに狭きに過ぎて従って變化に乏しき」と言っているのは、同類歌の多い事がその因をなしている。即ち全体に同類歌が多いため自然と変化に乏しく冗漫な感じを起こさせるのである。

(チ) 固有名詞使用歌

彼の作歌中ほとんどと言って良いほど、固有名詞（特に地名と人名）が使用されている。しかもその使用されている地名人名が、何れも深い意味を持っているので、一見単純素朴な平凡な歌でもその地名人名から様々な感慨を引き出せるのである。

彼が歌に詠み込んだ地名は、大部分が古名であり、また特異な特色ある地名であった。それは彼の地理学に対する造詣の深さを知る証拠ともなり、風土記作成の意図を解する資料ともなるのである。現在、美作神社考、美作續風土記、吉備兒島風土記、美作視聴録、吉備國地理ノ聞書等の草稿が残存しているが、彼は地理の考証には相当研究を積んでいた模様である。

眞委敷田土浦波既見次ニ行將見永久之山
吾背子二見世多雲有香兒島在三熊野山之春之月夜乎
大三和の御神の高ね雪とけて長田の御田に春風ぞ吹く
高田のや加佐米の高峰みゆき積春風さむし葉田の足守
射干玉のつきおもしろみ彦崎ゆ逢崎さして吾磯づたふ
大君の三門守萬成坂月おもしろしわれひとりゆく

邑久の海北島山の名ぐはしき君にあはなと舟漕ぎよせつ

一首の中に二三の地名を入れて、それより生ずる地名の音調の響きが、歌の調べを高めている。

地名の他に故事や物語や実在の人物の名を歌に詠み込んだのも、元義の歌の特徴と言える。

妙法院之皇子之大御船漕出詩吹上乎見連婆涙熊霜
冷泉之皇子之御墓乎過筒母悪久敍淤煩愈東夷等
足曳の山中治左が佩ける太刀神代もきかずあはれ長刀
あたらこの成親ごときよき臣を有木の山のうもれ木にして
あけむあした掃ふな富子おもしろく今日の筵に散る櫻花
紅のうす花櫻力松が酔ひたる顔を見れど飽かぬかも

彼が使用した人名は、古事記、平家物語、太平記等に出て来るものが多い。特に「天保二年正月十九日下津井眺望歌」に至っては、平家物語にある内容そのままが歌に詠まれている。

下津井之、海畔二出天、海中二、舟漕見禮婆、門脇之、平朝臣、教盛伊、其子通盛、教經伊、下津井浦二、在斗聞天、阿波國人、讃岐人、矢一將射刀、舟漕弖、渡來乎、教經賀、大母怒天、云家落君、昨日今日迄、吾馬之、草切足詩、奴等峨、弓矢手挿、向社、阿那二悪家列、一人谷、遺事無君、取烈斗云天、小舟漕出、追行呈、淡路國福良麻傳、追到西、昔所念。

この歌の拠り所となったのは言うまでもなく、平家物語九の一節であるが、全く原文そのままを詠んでいる。

彼は固有名詞を使用する事によって、そのもの自体を直接表現し、更にそれによって心理的な感慨を引き起すのに引立った。それはまた同時に、歌の単純化を推進するのにも効果があったと考えられる。

(リ) 譬喩歌

譬喩（ひゆ）歌は、女性を歌ったものが多く、特に女性を花に譬えて詠んでいるのが彼の特徴である。

丈夫はいたも痩せにき梅の花心つくして相見つるから

蕾めるは既に手折れど開きたるは未手折らず守人おほみ

はなもりは心許ついざ吾妹上枝の梅をこゝに手折らむ

愛やし妹が園生のにくからぬ櫻の花は折らでおかめや

好色家の彼らしく女性を花に託して、その行為を暗示的に歌っている。

吾獨り知ると申さば神漏伎の少彦名に面くはれむか

菅の根の長き春日を徒に暮さむ人は猿にかも劣る

こうした教訓的な歌も、古調をもって力強く詠み切っている。

(ヌ) 滑稽歌

彼の歌の中には全般的にユーモアが漂っている。そのユーモアというものは、故意に作り出されたものではなく、彼の奇矯且つ磊落な性格から自然に滲み出るユーモアであった。次に、特に滑稽歌と思われるものをあげておく。

吾妹子破都婆那乎許多食鶏良詩昔見四従肥坐二雞林
美作や大原山の山ついもこきだくくひてあは肥にけり
足曳の山中治左が佩ける太刀神代もきかずあはれ長太刀
和羅紗織からてふものに似たるなむ穢多毛を捞りえのころ寒し

(ル) 兼題

元義は実詠主義をもって作歌の根本としたのであるが、歌会を行う時は、やはり昔通の歌人達と同様に兼題を出している。

備前國安政四年月次の題

正月　磐梨の郡物理の郷に元日の水くむ所
二月　和氣の郡益原の郷田土の梅谷に梅の宴する所
三月　和氣の郡香登の郷大瀧に花散る所
四月　津高の郡驛家の郷勝尾山に日蔭とる所
五月　上道の郡財田の郷に早苗採る所
潤五月　磐梨の郡和氣の郷雄神河に螢飛ぶ所
六月　兒島の郡三家の郷宮の浦竹島のあたり田土の浦に月看る所
七月　御津の郡津島の郷佐々のせまりに秋芽子咲たる所
八月　赤阪の郡高月の郷裳の渡に月を詠つ所
九月　邑久の郡邑久の郷藤井の村安仁の社に紅葉見る所
十月　邑久の郡靭負の郷に霰たはしる所

十一月　兒島の郡三宅の郷兒島の大門に千鳥啼く所
十二月　赤阪の郡軽部の郷勢実の岡布勢の神山に雪のふれる所

この兼題を見ると、実詠を重んじていた彼だけあって普通の歌会のそれとは全く趣を異にしている。即ちその場で実詠に近づけようとする意図から、非常に具体的で、個人の空想から或る程度まで脱却出来る様配慮されている。

(ヲ)　律動及び句絶

彼の歌には破格が極めて少なく、格調は大部分、五、七五及び五七、五七、七の二格が用いられている。句絶も三句切れのものは短い休止で次の句に繋っており、ほとんど句絶の無い様な観を呈している。それ故三句切れになっても、その強い調子が弛まず、むしろ句絶の無い一首全体に於て、一つの律動が成立している様な趣である。

元義の作歌中、調子の高いものが見出せるが、次の二首は吉備楽に取り入れられて現在も残っている。

大君のそこ寶田の初春にまづなく田鶴の聲のゆたけさ
人間はゞ如何に語らむ瀧の上の櫻に匂ふ春の夜の月

この様に吉備楽に取り入れられるだけの調子の高さを歌に表現する技量をも有しており、「調べ」に関してもかなり苦心をしている。

結語

元義の作歌に於て認めねばならぬ点は、従来の上品典雅な和歌的拘束を打ち破って、多年に亘り偉大な歌人が努力を試みて来た万葉調歌を、模倣で行きつく限界まで行きついた事にある。その上古語の効力を歌の中に遺憾なく発揮させたのは、次代の歌壇への刺戟として貢献をなしたものと看做す事が出来る。

一方、彼は欠点の多い歌人でもあった。その欠点は、彼の人格から来るもので、彼の歌から思索的なものを見出す事が出来ず、余情に乏しい単調冗漫な歌が多かったのは、所詮彼の欠陥とも見られる単純性にあったと言えよう。そのため彼の歌は外形が万葉調となっていても、中味はただの平賀左衛門太郎源元義の人格が、そのまま力強い叫びとなって表現されたにすぎないものが少なくなかった。

しかしながら、あまりにも複雑すぎる感情を詠んだり、詞藻の遊戯にのみ終って煩瑣なものとなっていた和歌の世界を脱して、上代風の素朴且つ単純な歌を理想として、単刀直入で力強い真摯な歌風を世に示し、次代の歌壇へ示唆を与えた元義の業績は、高く評価されるべきであろう。

〔註1〕

口絵写真(6)　平賀元義の墓（正面）

〔註2〕

【平賀氏系図】

足立、本國武蔵國足立郡郡家郷足立村
足立左衛門尉藤原遠元十六代ノ孫

足立小左衛門藤原春元

古我長左衛門保元
寛永元年甲子豊後國日田郡新原村ニ生

岩城半左衛門正久
寛文三年癸卯山城國淀城下ニ生

平賀平衛門義致
享保元年丙申八月七日備中松山城下ニ生

平賀左衛門義蕃

延享二年乙丑十二月二十二日備前國岡山城下ニ生

平賀平衛門義春

安永五年丙申九月二十四日備前國岡山城下ニ生

平賀左衛門太郎元義

寛政十二年庚申七月三日備中國奈良村ニ生

平賀源太

足立左衛門遠元ヨリ二十三代嘉永三年庚戌十二月二十六日

備前國佐伯郷ニ生

足立藤次

安政六年己未二月二十一日美作國和氣郷ニ生

〔註3〕

弟　源五郎

名を忠吉と言う。実名は致義、平尾家跡目相続後は新兵衛長直と名を改めた。元義五歳の時に生る。この弟が元義の実弟であるかどうかが疑問であって、短歌講座歌人評傳篇の中で宗不旱氏は、「この弟は異母弟であろう」と述べておられる。しかしながら羽生永明は「遺傳より見たる平賀元義」（アララギ）の中で、「元義の母は（中略）平尾忠左衛門に仕へその嫡子忠五郎（後新兵衛長春）の妻となりて元義及びその弟忠吉を生みぬ」と記しているので、何れが正しいか判然としない。元義は、父母祖父母に関しては色々と語っているが、弟に関しては多くを語っていない。この点疑問に思われる。

〔註4〕

元義の借金証文

借用銀札之事

一合銀札九拾六目也

右之通慥請取借用申候然上者毎年七月十二日
兩度一度ニ貳拾目宛拂込可申候爲後日手形如件
平賀左エ門太郎
元義　花押
弘化三年五月九日
笹沖村
六左エ門殿

右の様な証文が現存している。

〔註5〕
この歌は従来、元義最後の歌とされていたが、「弘化五年正月一日のうた」という詞書のある短冊が発見されて、誤が明らかにされた。

〔註6〕
口絵写真(6)　平賀元義の墓（側面）

◎参考文献

平賀元義家集（有元稔編）明治三十九年
平賀元義集（森田義郎編）明治四十一年
註釋平賀元義歌集（尾山篤二郎編）
註解平賀元義歌集（羽生永明編）
萬葉調短歌集成（植松壽樹編）
國歌大系巻十九
平賀元義歌集　岩波文庫
平賀元義歌集　改造文庫

◇

齋垣内歌話「平賀元義」（岡直盧口述、堀江昌筆記）山陽新報
墨汁一滴、平賀元義の歌（正岡子規）岩波文庫
平賀元義に關する一考察（森敬三）國語と國文学　第三巻第二號
平賀元義（宗不旱）改造社短歌講座
續平賀元義評傳（野田實）

平賀元義及其の門下　美作史談會叢書　第一編
平賀元義（土屋文明）　萬葉集講座
平賀元義（生咲義郎）「徳川時代和歌の研究」
平賀元義の歌（杉鮫太郎）
近世歌人評傳（齋藤茂吉）
賀茂眞淵　日本古典全書
近世和歌史（佐佐木信綱）
近世和歌史（福井久蔵）
近世吉備和歌史（野田實）
平賀元義の歿年月日（永山卯三郎）　岡山春秋（第五巻第八号）
元義の歿年考（黒川清一）　岡山春秋（第六巻第二号）

◇

・借金証文　一通
・備前國忌部考　平賀元義著
・齋場祝詞

・嘉平田舎詠草　天保十五年九月条　関政路
・巨勢總社千首　安政四年十二月六日、大澤深臣輯

平賀元義の研究をするに当り、多くの資料の提供をして下さった直原正一氏に深く感謝の意を捧げたい。

あとがき

私は岡山県の生まれである。父加藤鋟次郎が岡山市にある備前一宮の吉備津彦神社宮司の折、昭和九年八月二十八日という夏の終り、つくつくぼうし蝉が鳴く頃に岡山で生を受けた。

そして、昭和十二年四月から、父は兵庫県神戸市の生田神社宮司に転任。爾来、私は神戸に在住することになった。

現在、生田神社名誉宮司として米寿の齢を越え、その間二十三冊の図書を刊行してきた。しかるに、その刊行した本の中に生れ故郷である岡山に関するものが一つも無いことに気がついた。そして、甲南大学国文学科に在学の折、生れ故郷岡山の奇矯な万葉歌人について研究したことを思い出した。

かくして二十四冊目は、岡山の万葉歌人・平賀元義の人と和歌について本を出そうと心に決めた。また、神戸新聞社とは色々な面で関わりを持っているにも拘らず、同社からはこれまで一冊も本を出版していなかった。

そこで神戸史談会を通じて親交のある神戸新聞社常務取締役の大国正美氏にお願いして、神戸新聞総合出版センターに「平賀元義　人と和歌」なる本を出版していただくことにした。本書出版に際し、出版部の岡容子氏には種々お世話になった。茲に一言感謝を申し上げる次第である。

加藤　隆久

令和五年十一月

加藤 隆久（かとう たかひさ）

昭和9年岡山県生まれ。甲南大学文学部卒業、國學院大學大学院文学研究科専攻修士課程を修了し、生田神社の神職の傍ら大学で教鞭をとる。神戸女子大学教授、生田神社宮司を経て現在は名誉宮司。神社本庁長老。文学博士。神戸女子大学名誉教授。兵庫県芸術文化協会評議員、神戸芸術文化会議議長、神戸史談会会長、世界宗教者平和会議日本委員会顧問などを兼務。著書は『神社の史的研究』『神道津和野教学の研究』『神葬祭大辞典』『よみがえりの社と祭りのこころ』『神道文化論考集成』他多数。

平賀元義（ひらがもとよし） 人（ひと）と和歌（わか）

2023年12月8日　初版第1刷発行

著　者――加藤 隆久

発行者――金元 昌弘

発行所――神戸新聞総合出版センター

〒650-0044　神戸市中央区東川崎町1-5-7

TEL 078-362-7140／FAX 078-361-7552

https://kobe-yomitai.jp/

印刷／神戸新聞総合印刷

落丁・乱丁本はお取り替えいたします

ISBN978-4-343-01208-1　C0095